D1722817

N&K

Verena Stössinger

Gudrun, Schwester

Roman

Nagel & Kimche

Die Autorin dankt der Erziehungs- und Kulturdirektion des Kantons Basel-Landschaft sowie der Stiftung Pro Helvetia für die finanzielle Unterstützung dieser Arbeit.

Gudruns Geschichte liegt die «Laxdoela Saga» zugrunde. Benutzt wurden außer der Originalfassung die dänische Übersetzung von N. M. Petersen, Viborg 1976, und die deutsche Übersetzung von Rudolf Meissner, Jena 1913.

Die Zitate auf den Seiten 45, 128 und 140/141 wurden Edda-Liedern in der deutschen Übersetzung von Karl Simrock entnommen. Das Gedicht auf Seite 154 ist von Märta Tikkanen.

Umschlag von Urs Stuber

ISBN 3-312-00161-7

SECHS TAGREISEN entfernt, wenn man von den Britischen Inseln aus nordwärts segelt, schwimmt eine Insel im Atlantik, quer, wie ein schartiges Ei. Ein ödes Land, nur die Küstenstreifen in meilenweitem Abstand getüpfelt von Gehöften, Dächer, viele mit Kraut bewachsen, als schämten sie sich ihrer Künstlichkeit. Da wohnen Menschen, die halten ihr Leben lang ihre Schafe, ihre Pferde beisammen und warten auf die Rückkehr der Schiffe, die sich durch die Brandung kämpfen.
Ein seltsames Land, wie vom Himmel gefallen. Östlich der Sonne und westlich vom Mond.

Mein Rucksack ist schwer. Ein Schneckengefühl: geduckt und gebremst von so viel notwendigem Plunder. Entlassen aus Glas und Chrom und Schutz: vom Wind gepackt und vom Sprühregen geduscht schon beim ersten Schritt jenseits der polierten Platten; die steife

Landkarte schlägt mir knatternd ins Gesicht. Riesige Flächen, leere Zeit. Der Rucksack ist wirklich schwer. Als trüge ich einen Baum.
Vor mir das Unbekannte: Reiz und Bann. Die Wörter als Notvorrat im Kopf und im blauen Buch (in der rechten Seitentasche) die sechzig Substantiv-Flexionsmuster und die unregelmäßigen Verben. Die Begrüßungsformeln im Mund, probeweise: komdu blessadur, komdu saell; Ja heißt já, nein heißt nei.
Und Gudruns alte Geschichte; Angelesenes, das in mir hockt, unverdaut, zäh und roh. Erzählen, um es loszuwerden.

MIT VIER TRÄUMEN beginnt die Geschichte, endet die Zukunft.

Vieles habe ich geträumt im letzten Winter, sagt Gudrun, die Tochter des Osvif und der Thordis; es sind aber vier Träume, die mir zu denken geben. Keiner hat sie mir bisher deuten können, doch möchte ich auch nicht, daß sie mir nur nach Wunsch und Gefallen ausgelegt werden.
Sie stand mit Gest, dem Weisen, an der heißen Quelle im Saelingstal, hatte ihn zu überreden versucht, mitzureiten zum Hof Laugar, den ihr Vater Osvif besaß und bewirtschaftete. Doch Gest hatte andere Pläne.
So hatte sie die Gelegenheit genutzt, auch wenn sie anschreien mußte gegen den kalten Wind, der von Südwesten her über die Bergrücken fiel. Sagte man Gest nicht besonders viel Scharfsinn nach? Und während die Pferde weiter am jungen Gras rupften, erzählte Gudrun ihre vier Träume.

Mir war, begann sie und fühlte sich schon erleichtert, mir war, als stünde ich an einem Bach mit einer Haube auf dem Kopf, die mir nicht paßte. Ich wollte eine andere aufsetzen. Viele warnten mich, ich solle das nicht tun – ich aber hörte nicht darauf, riß mir die Haube vom Kopf und warf sie in den Bach. Länger war dieser Traum nicht.
Gest schwieg.
Im zweiten Traum stand ich an einem See. Am Arm trug ich einen Silberreif, der mir gehörte und wohl anstand: ein kostbares Stück, wie mir schien – ich hoffte, es lange zu besitzen. Aber ehe ich mich versah, glitt der Reif von meinem Arm und versank im See. Der Verlust schmerzte mich mehr, als ich für angemessen hielt. Kurz darauf erwachte ich.
Ein deutlicher Traum, meinte Gest.
Im dritten Traum, sagte Gudrun nach einer Weile, trug ich einen Goldreif am Arm. Und ich fühlte, mein Verlust war mir ersetzt worden. Die Hoffnung, ich könnte mich an diesem Reif länger freuen als an dem silbernen, ging mir durch den Kopf; und die größere Freude käme dabei nicht durch das kostbarere Metall. Da stürzte ich, und als ich mich im Fallen abstützte mit dem Arm, schlug der Goldreif gegen einen Stein und sprang entzwei, aus den

Stücken aber floß Blut. Eher Trauer spürte ich als Bedauern über den Verlust des Reifs – ob das Metall brüchig gewesen war? Ich betrachtete die Hälften und bemerkte Risse darin; trotzdem schien mir, der Reif wäre heil geblieben, wenn ich ihn besser gehütet hätte. Länger war dieser Traum nicht.
Er ist lang genug, sagte Gest. Er hatte die Augen geschlossen. Der Wind wehte ihm durchs Haar, daß es ihm wie eine schiefe Kappe am Kopf lag. Unter den Lidern bewegten sich seine Augäpfel heftig.
Und das war mein vierter Traum ... Gudruns Stimme zögerte. Lieferte sie sich nicht zu sehr aus? Was würde Gest wohl in die Bilder hineinlesen, und wie würde sie merken, ob er sich irrte? Dachte er sich nicht schon Deutungen aus? Erinnerte sich vielleicht an ähnliche Träume, von denen er gehört hatte; aber was wäre vergleichbar?
Sie schwieg. Gest rührte sich nicht, nur seine Augen schauten geschäftig nach innen. Diese Dummheit, anderen zuzugestehen, das eigene Schicksal zu durchschauen, dachte sie: zu dieser Dummheit bin ich also auch fähig. Aus Neugier wahrscheinlich, oder eher aus Ungeduld? Weil ich es nicht ertrage, im Ungewissen zu sein, blindlings dem vorgezeichneten Weg

zu vertrauen, ihn abzulaufen wie gehorsames Vieh ... Sie wollte wissen, was das Schicksal ihr bereithielt. Wissen, um kämpfen zu können; dafür und auch dagegen, wenn es sein mußte.

Im vierten Traum, begann sie schnell, trug ich einen goldenen Helm, der reich mit Edelsteinen besetzt war. Der Helm gehörte mir, aber er war schwer, so daß ich ihn kaum zu tragen vermochte. Mein Nacken wurde krumm von dem Gewicht – dennoch dachte ich nicht daran, mich von ihm zu trennen. Da glitt er mir vom Kopf, rollte in den Hvammsfjord hinaus und versank.

Die stolze junge Frau, der gekrümmte alte Mann: schwarz und weiß in dem grellen Grün, das an den Hängen emporwuchs. Nur noch Flecken von Schnee, mit erhobenen Armen zogen sie sich in die Schrunden zurüc .

Gest öffnete endlich die Augen. Ich sehe, was deine Träume bedeuten, sagte er. Obwohl es dir einförmig vorkommen wird, wie ich sie auslege.

Du wirst vier Männer haben. Mit dem ersten wird dich wenig Zuneigung verbinden. Du wirst ihn verlassen, so, wie du dir die Haube vom Kopf gerissen und sie ins Wasser geworfen hast – man nennt das ja ‹ins Wasser wer-

fen›, wenn man sein Eigentum weggibt und nichts dafür bekommt.
Der zweite Traum, der mit dem Silberreif, zeigt deine zweite Ehe. Es wird ein trefflicher Mann sein, dem du verbunden bist. Du wirst ihn lieben, doch freust du dich nur kurz; du wirst ihn durch Ertrinken verlieren.
In deinem dritten Traum schien es, du trügest einen Goldreif am Arm. Denn du wirst einen dritten Mann haben, er wird dir den Verlust ersetzen. Und wenn du sahst, daß der Reif entzweisprang, und zwar durch dein Versäumen, ihn genügend geschützt zu haben – und wenn aus den Stücken Blut floß, so bedeutet das, daß dein dritter Mann erschlagen werden wird. Du wirst zu spät die Risse sehen, die in diesem Bund von Anfang an waren.
Dein vierter Traum schließlich, in dem du den Goldhelm trägst, der dir zu schwer ist, bedeutet, daß du ein viertes Mal heiraten wirst. Es wird ein großer Herr sein, dem du verbunden wirst. Er wird im Hvammsfjord ertrinken, du siehst es voraus.
Gudrun hatte sich abgewandt. Zornrot war ihr Gesicht geworden, doch sie hatte sich zurückgehalten, bis Gest geendet hatte. Jetzt sagte sie heftig: Du hättest wohl Besseres geweissagt, hätte ich dir Besseres zu erzählen gehabt!

Sie riß an ihrem Gürtel, wickelte den Mantel enger um sich und schaute zu den Pferden hin, die über dem frischen Gras den langen Winter zu vergessen suchten. Sie wartete, daß ihr Gesicht wieder kühl würde in der rauhen Luft, daß die Scham nachließe, das Gefühl, sie hätte sich ohne Not entblößt und preisgegeben. Ob Gest schweigen würde? Er stand und lächelte, sein altes Gesicht schien ihr auf einmal einfältig, kindisch. Ach, was verstand er schon.
Hab Dank, daß du die Träume gedeutet hast. Endlich konnte sie aussprechen, was von ihr erwartet wurde. Es würde ein schweres Los, sollte alles wahr werden.

In diesem Tal ist es gewesen, hier irgendwo in den westlichen Hügeln. Der Himmel hängt tief, er gibt einem das Gefühl, klein zu sein, unwichtig, zum Ausharren und Dulden verurteilt. Der Wind ist kalt, obwohl es Juli ist: Sommerzeit. Das Grün sieht zaghaft aus, gekämmte Hälmchen. Die Schafe fressen es ungeduldig, als könnte der Wind es bald wieder weggetragen haben.
Das Gehöft versucht, sich auszustrecken, Wärme einzufangen. Die Torfziegel auf dem Dach seufzen beim Trocknen. Wäsche flattert zwischen den Gebäuden, wenn der Wind nicht

wäre, schleifte sie auf dem Erdboden entlang. Kein Ort für Zufriedenheiten.

Thorwald hieß ein Mann, Sohn des Halldór, des Goden von Garpstal. Ein reicher Mann, aber nicht eigentlich ein Held. Er hielt um Gudrun an auf dem Althing; sie war jetzt fünfzehn Jahre alt und heiratsfähig. Gudruns Vater wies ihn nicht ab, doch er bestand darauf, die Bedingungen für die Ehe selber festzulegen, da Thorwald weniger begütert war als Gudruns Sippe. Nach der Brautnacht sollte Gudrun das Familienvermögen allein verwalten, und die Hälfte des Ganzen sollte auch ihr Vermögen bleiben, wenn die Ehe geschieden würde. Thorwald war außerdem verpflichtet, Gudrun Schmuck und Frauensachen zu kaufen, und zwar so viel, daß keine gleichrangige Frau besser ausgestattet wäre als sie.
Gudrun wurde nicht gefragt. Sie zeigte zwar, daß ihr der Handel nicht gefiel, aber sie fügte sich. Vielleicht dachte sie, der Schritt aus dem elterlichen Hof hinaus bedeute mehr Freiheit. Die Hochzeit fand Ende des Sommers statt. Gudrun ließ die Feierlichkeiten über sich ergehen und dachte sich schon Forderungen aus, stelle ich mir vor. Schmuck wollte sie von Thorwald haben, Kleider und kostbare Wand-

teppiche für die Stofa, den dunklen dumpfen Raum, in dem sie Stunde um Stunde sitzen würde, um zu spinnen, zu weben, zu nähen. Das Teuerste würde sie in ihren Besitz zu bringen versuchen, und wenn Thorwald ihre Wünsche ausschlüge, würde sie ihm trotzen.

Es war ein Kräftemessen, das die Langeweile vertrieb. Gudruns Wünsche wuchsen, waren wie Nadelstiche, kleine hinterlistige Wunden. Warum hatte er sie heiraten wollen, wenn er ihr nicht gönnte, zu glänzen über alle anderen Frauen? Warum verwöhnte er sie nicht, wie sie es wünschte? Enthielt die Liebe eines Mannes denn nicht auch den Wunsch, die Frau, die ihm angehörte, bewundert, beneidet, leuchtend zu sehen? Thorwalds Weigerung dagegen war wie ohnmächtiges Aufstampfen; war er denn nur ein Händler für sie, ein Milchschaf? Darauf, daß er sich ihre Freundlichkeit, ihre Wärme erkaufen könnte mit Gold und guten Stoffen, hoffte er längst nicht mehr. Ihre Unersättlichkeit begann ihn zu ängstigen. Mußte er nicht sein Vermögen bewahren und seinen Ruf als Herr des Hauses? Wie hatte er sich nur einbilden können, der verwöhnten Osviftochter zu genügen. Wo sie ihm nicht einmal das Bett offenhielt, so oft er es wünschte. Und so viel freundlicher mit Thord umging, dem verheirateten Sohn der Ingunn, der viel bei ihnen war. Da geschah es einmal, daß Gudrun sich von Thorwald ein kostbares Kleid erbat. Thorwald sagte ärgerlich, sie wisse nicht Maß zu halten, und als sie darauf bestand, schlug er sie ins Gesicht. Er schlägt mich wie eine Magd, durchfuhr es Gudrun: wie eine Magd schlägt er mich, seine Frau, die er vorgibt zu lieben, zu achten; seine Hand, wie sie ausholte, zuschlug, die Zeit holte Atem. Noch nie hat mich jemand geschlagen, dachte Gudrun, noch nie in meinem Leben bin ich irgend jemandes Magd gewesen, wofür hält er sich.

Thorwalds Hand schlägt zu, und die Geschichte wendet eine Seite um. Zu jung, zu hungrig nach Glück war Gudrun, als daß sie jetzt an anderes hätte denken können, als möglichst schnell Thorwald zu verlassen. Einen Vorwand zu finden. Bissig sagte sie: Jetzt hast du mir das gegeben, was wir Frauen für wichtig halten: eine gute Gesichtsfarbe nämlich. Außerdem hast du mich gelehrt, dich nicht mehr mit meinen Ansprüchen zu belästigen. Und sie ging in ihre Kammer, schnitt und nähte ein Hemd, dessen Halsausschnitt so tief war, daß Thorwald, zöge er es an, seine Brustwarzen entblößt hätte. Diesen Schimpf konnte Thorwald nicht auf sich sitzen lassen, die Ehe wurde vor Zeugen geschieden. Frühling war es, und Gudrun kam nach Laugar zurück. Zwei Winter hatte sie außerhalb des väterlichen Hofes verbracht; sie kehrte zurück mit der Hälfte des ehelichen Vermögens, war also reicher als vorher.

Reicher an Frauengut, ärmer an Arglosigkeit. Aber mit dem Wissen, daß sich das Leben formen ließe: das Glück wäre erreichbar. Siebzehn war sie jetzt, feuergetauft. Woran sollte sie sich messen?
Gänge durchs Haus, Befehle, Kontrollen, Weben und Kochen, Anweisen, Strafen – dabei immer das Gefühl, daß ihr Aufenthalt in Laugar nicht lange dauern würde.
Ob Thord sie auch so gerne ansah wie sie ihn? Zum Thing würde sie reiten, und er würde in Gests Gefolge sein. Sie würde ihn herauszufordern wissen, war ihre Zunge nicht scharf genug? Waren die Nächte im Juni nicht hell?

Nach der Mitte des Junimondes brachen sie auf. Der Ritt über die Hochebenen, endlose rissige Heide, schneebedeckte Bergzüge nach Osten hin, und im Westen Helgafell, der heilige Berg, wie eine gleichmäßige Kappe in der flachen Fjordlandschaft. Helligkeit, graues fei-

nes Licht selbst in der Nacht, und Luft: ziehende, fließende Luft, und Wolken: geballt, geschraubt, gepreßt und wieder zerzupft, Licht und Schatten verteilend über die krautige Fläche, den riesigen Horizont; eine Schafherde, die Lämmer erschreckt unter die Bäuche der Mütter kriechend, schwarzbraune und schmutzigweiße Wollsträhnen, manchmal Vögel, eine verirrte Lachmöwe, und sonst nur das staubige Donnern der Hufe. Galopp, Trab, Tölt. Unvorstellbar fern die langen dumpfen Winterabende, die endlose Dunkelheit, das qualmende Langfeuer, die stickige Enge, auch wenn erzählt wurde – die Geschichten konnten nicht ausladend, verwickelt und grausam genug sein –, wie sonst könnte man der muffigen Beschränktheit entfliehen.
Das regelmäßige Schaukeln der Pferderücken wie ein Versprechen. Zuversicht, Übermut und einmal ganz kurz der Gedanke, wie es wäre, ein Mann zu sein. Wenn sie das Pferd lenken könnte: dahin, dorthin, die Wege allein suchen, auch in der Dunkelheit: bis zum Meer und auf einem der Schiffe ausfahren könnte, Pferd und Schiff zu Diensten, Frau und Knecht (lächeln, unwillkürlich). Wie es wäre –
Aber da ritt Thord neben ihr, und die dumme Geschichte fiel ihr ein, die sie am Waschplatz

gehört hatte. Ist es wahr, rief sie ihm zu, ist es wahr, Thord, daß deine Frau Aud in Männerhosen geht, in gewickelten Beinkleidern? Grelles Lachen schlug lockende Brücken zu Thord, dem sie schon lange gefiel in ihrer unzimperlichen Art: wie sie da ritt, aufrecht wie ein Mann und schnell, schnell wie ein Jüngling. Ausweichend seine Antwort, wie sollte er wissen, wie seine Frau herumlief? Ob sie Frauenröcke trug oder Hosen wie die Männer?
So ist wohl nicht viel dabei, wenn du es nicht bemerkt hast, stichelte Gudrun, warum nennt man sie dann aber Hosen-Aud?
Was wich er aus? Schämte er sich? Sie wird wohl noch lange so genannt werden, rief Gudrun und trieb ihr Pferd an, ritt mit wehenden Röcken vor Thord davon, bald würde sie der Weg ins Tal hinunter führen, bald würden andere zu ihnen stoßen.

Weit ist der Weg nach Thingvellir, die Nächte sind fahl, und der plötzliche Regen wirkt beinahe warm; jedes Wort, das gesprochen wird, fällt tief, wird tausendmal geschüttelt, gedreht, wächst schließlich fest. Steife Beine, steifer Rücken. Und der getrocknete Fisch hinterläßt bald mehr Hunger, als er stillt.
Das Gewimmel am Thingplatz, einmal hatte

sie es schon erlebt, aber es überraschte sie wieder mit seiner Betriebsamkeit. Alle die Geschichten, die die vergangenen Monate durchlichtert hatten, Sätze, so lang wie sonst nie im Jahr, neue Gerüchte, aufregende Einzelheiten. Das berauschende Gefühl, mittendrin zu sein und teilzunehmen an Klatsch und Gesetzgebung, an Gerichtssprüchen und Streitereien. Wie heftig war da ihr Wunsch, diesen Kreis nicht mehr zu verlassen, laut mitreden zu können, einzuwerfen, mitzuhandeln, ihr Gehirn schien schneller zu laufen, und die Sprüche, die ihr von den Lippen sprangen, bekamen klingende Verkleidungen und rhetorischen Glanz.

Eines Abends, es ging auf das Ende der Thingzeit zu, wer könnte die Wochen anhalten: eines Abends das große Feuer, wieder ein Lamm darüber, das Blut wieder zischend in die Glut. Fettschlieren an erdigen Fingern, aufgerissene Münder, gierige Zähne. Da fragte Thord Gudrun, die neben ihm saß, was einer Frau wohl gebühre, wenn sie in Hosen ginge wie die Männer? Der Vorwurf hatte sich also festgesetzt in ihm, so viel hatte ihr Spott vermocht. Die gleiche Strafe, antwortete Gudrun, wie sie einem Mann zukommt, der einen so großen Halsausschnitt trägt, daß man seine Brustwar-

zen sieht. Galten die Regeln für sie, sollten sie auch für die anderen gelten.
Was rätst du mir denn, fragte er lauernd, soll ich meine Scheidung noch hier auf dem Thing erklären oder warten, bis ich zurück bin in meinem Bezirk? Dort hätte ich die Zustimmung der anderen.
Gudrun straffte sich und sagte streng: Nur der wartet auf den Abend, der keine Kühnheit hat. Der Hammer fiel, mitleidlos. Und Thord sprang auf und kletterte den Gesetzesberg hinauf, rief Zeugen zu sich und verkündete laut seine Scheidung von Aud.
Der Bach lief weiter zwischen den Zelten hindurch, Schafe lagen wie Steine am Hang. Hatte sich etwas verändert? Nicht einmal Schweigen hatte sich über die Essenden gesenkt, Thord kam vom Hügel herab, die Basaltfelsen in seinem Rücken hatten ihn nicht verschlungen. Nur Auds Brüder hielten inne, sie hörten auf zu essen und rieben sich ratlos die Finger ab am Gras.

Nach dem Thing ritt Thord zur Vermögensteilung mit elf Mann auf seinen Hof. Es kümmerte ihn wenig, was Aud behalten mochte, gelegen war ihm nur am Hausvieh. Und als es ihm zugesprochen worden war, trieb er es nach

Laugar und hielt bei Osvif um Gudrun an. Der Hochzeitstag wurde festgesetzt: zehn Wochen vor Winteranfang, und es wurde ein großartiges Fest. Das hatte ihr Gest vergessen zu sagen, fiel Gudrun ein, als sie einmal vor die Türe trat, die Glieder streckte im kalten Herbstwind, der nach Schnee roch und nach Frost; das Glück hatte Gest nicht erwähnt. Daß sie glücklich sein könnte, wenn sie es nur wollte, schon mit dem zweiten Mann; kein Grund, daß es einen dritten und vierten geben sollte. Vielleicht hatte Gest das Glück nicht gesehen? Vielleicht wußte er doch nicht so viel, auch ihre Niedergeschlagenheit war vergebens gewesen, nur Schwäche.

Für sie hätte der Winter länger dauern können in diesem Jahr, obwohl es noch schneite im Mai. Die ruhige Kraft, die in ihr war: Lebenslust, Körperlust, eine Ahnung von Genüssen, deren Wurzel sie selber war. Doch im Juni zogen die Leute von Holl mit ihrem Vieh auf die Hochweiden im Hvammstal, und die Leute von Laugar bezogen die Weiden im Lambatal; nur die Wasserscheide trennte Thords einstige Knechte von seinen neuen.
Da ging Aud, die Verlassene, hinauf zu den Weiden und kundschaftete aus, wieviele Män-

ner auf der Sommeralp derer von Laugar wären, und sie fand heraus, daß Thord allein mit Osvif, seinem Schwiegervater, zurückgeblieben war auf dem Hof im Tal, weil er ein neues Schlafhaus bauen wollte. Als es Abend wurde, ließ sie zwei Pferde satteln und ritt mit einem ihrer Hirten südwärts über die Wasserscheide und hielt nicht eher an, als bis sie Laugar erreicht hatte. Dort stieg sie ab und hieß den Hirten auf die Pferde achten, so lange sie im Haus sei. Die Tür war nicht verschlossen, Aud betrat das Haupthaus und ging zu der Kammer, in der Thord lag und schlief; er lag auf dem Rücken und schnarchte wie ein Kind. Sie weckte ihn, und er wandte sich zur Seite, um zu sehen, wer gekommen sei; da schlug sie den Mantel auf, riß ein Schwert hervor und hieb nach ihm. Sie traf seinen rechten Arm und verletzte ihn auch an den Brustwarzen; das Schwert blieb im Bettkasten stecken. Sie ließ es zurück, ging wortlos hinaus, bestieg ihr Pferd und ritt über den Kamm zurück nach Holl.
Erst, als sie weggaloppierte, den Hirten hinter sich, erst da erwachte Osvif. Er ging hinüber zu Thord, um zu erfahren, was vorgefallen sei, und fand den Schwiegersohn in seinem Blut. Ob er wisse, wer der Übeltäter gewesen sei, fragte Osvif, während er Thords Wunden aus

wusch, sie verband, das Blut vom Boden wischte mit Händen voll Stroh. Aud sei es wohl gewesen, antwortete Thord kleinlaut, und Osvif erbot sich, ihr gleich nachzureiten und sie zu stellen. Nein, sagte Thord, das wolle er nicht; hatte sie nicht gehandelt, wie sie hatte handeln müssen?

Aud kam heim bei Sonnenaufgang, und ihre Brüder fragten sie, wo sie gewesen sei. In Laugar sei sie gewesen, antwortete sie, noch atemlos, aber leuchtend vor Stolz. Und sie erzählte, wie sie es angestellt und was sie dem Thord zugefügt hatte.

Thord lag lang an seinen Wunden. Die Brust heilte zwar gut aus, aber sein Arm wurde nicht mehr so geschickt und kräftig wie früher. Dazu die Schmach: im Bett überfallen zu werden von einer Frau, das gereichte keinem Mann zur Ehre, Gudrun wußte es, wer wußte es nicht. Aber ihr Glück würde sie dennoch halten, hatte es auch einen Sprung: War Thord nicht noch immer der beste Mann im Landkreis?

Und nicht nur sie: auch andere trauten ihm mehr zu als den meisten. Ingunn zum Beispiel, Thords Mutter. Sie kam im Frühjahr darauf aus Skalmarnes, wo sie wohnte, und bat sich von ihr m Sohn Hilfe aus. Kotkel, ihr Nachbar, und dessen Familie belästigten sie:

er nähme ihr die Tiere weg, klagte sie, und plage sie mit Hexereien, gegen die sie machtlos sei. Ob sie nicht nach Laugar ziehen dürfe? Sie würde sich sicherer fühlen auf dem Hof ihres Sohnes, so weit reiche Kotkels Einfluß nicht. Thord war sofort einverstanden, die Mutter und ihre Mägde, ihre Knechte, ihre Tiere bei sich aufzunehmen. Mit neun Mann ruderte er zum alten Hof auf der anderen Seite des Fjords, löste die Wirtschaft auf und verlud alle bewegliche Habe auf ein Reiseboot. Als letzter ging er an Bord, bei ihm waren seine neun Männer. Vor der Überfahrt hielt Thord bei Kotkel an und lud ihn vor das Althing, weil er des Raubes und der Hexerei schuldig sei. Das empörte Kotkel und seine Söhne so sehr, daß sie beschlossen, sich zu rächen: sofort brach ein großes Unwetter los. Thords Schiff wurde nach Westen abgetrieben, es nahm Wasser und drohte zu sinken. Da warf Thord alles Entbehrliche über Bord, damit das Schiff wieder steuerbar würde; zuletzt waren nur noch die Menschen an Deck. Thord meinte schon, er habe es geschafft; doch als er versuchte, die Küste anzulaufen, um Schutz zu finden, erhob sich nahe dem Lande eine Brandung über einer blinden Klippe, von der kein Mensch je gewußt hatte. Die Brecher trafen das Schiff mit

solcher Gewalt, daß gleich der Kiel nach oben schlug. Thord ertrank und mit ihm alle, die auf dem Schiff gewesen waren.
Gudrun war hochschwanger zu jener Zeit. Thords Tod machte sie zur Witwe, die gute Zeit schon wieder zerbrochen, so flüchtig das schwer Erreichte. Der Sohn, den sie gebar, bekam Thords Namen, sollte ihn weitertragen, geschmückt mit dem Beinamen Kat, der Kater. Füllte er ihr die Tage? Einundzwanzig war sie jetzt, und schon die Hälfte der Zukunft vertan.

Wie atemlos die Saga ihre Geschichte erzählt: in Brocken, kapitelweisen Schüben. Abstoßend schien mir lange diese Art, gefühllos, brüchig. Mir fehlten die Abstufungen, die Übergänge, das sanfte Ansteigen der Erzähllinie, das Interpretieren und Ausmalen. Die Ereignisse folgen sich so unvermittelt, eine monotone Kette grausamer Taten, unterbrochen nur von den für uns so umständlichen Stammbäumen, den Verwandtschaftsverästelungen: Namen und Orten. Unvermutet auftauchend dazwischen verschlüsselte Strophen: Ewigkeitssätze, die über Leben und Tod entscheiden konnten, die ganze Schicksale in einem Sechszeiler festhalten.

In diesem Land beginne ich zu ahnen, daß hier nicht viel anderes möglich war. Wo die Winter so lang sind, die Horizonte so leer, die Güter so karg: fängt man da nicht unwillkürlich an zu raffen, dramatisch zu steigern und gleichzeitig zu betonen, wie alles zusammenhing, eine Verbindung hatte zu dem, was man kannte, selber war?

Die Figuren herausschälen aus ihren steifen Hüllen möchte ich, den markigen Sätzen. Oder eher: ihnen ihre Sätze lassen und ihre Hüllen, die Schmuck sind und Schutz, und doch versuchen, in sie hineinzusehen: in die Menschen und in die Sätze.

Gudrun zum Beispiel: die viermal Verheiratete, die unglückliche Herrin, die Mörderin, Mordstifterin aus verschmähter Liebe, aus Stolz. Die Grausame, Aufbegehrende. Mehr als zweihundert Jahre lang haben die Isländer sich von ihr erzählt, ihre Geschichte ist weitergegeben worden, sie wuchs zusammen mit den Geschichten der anderen Menschen, die im Lachswassertal gelebt hatten, die wußten um die Intrigen und Kämpfe, die Mordfälle und Rachepflichten.

Sechs, sieben Generationen lang wurde die Geschichte weitererzählt, winterabendelang im Duft trocknender Wolle; wurde sie berei-

chert mit neuen Dialogen, mit Szenen aus anderen Sagas, aus übersetzten Romanen.
Bis einer sie aufschrieb, sie festhielt auf Pergament: da war Island schon nicht mehr frei, wurde von fremden Herrschern regiert. Die alten Helden aber mußten überleben, die schönen Strophen, das Leben, wie es gewesen sein sollte.

Das Land ist kalt, grau, weit und kahl. Ich habe es gewußt, aus Büchern, von Fotos, und es mir dennoch nicht vorstellen können. Hier hat Gudrun also gelebt; natürlich gibt es ihren Hof nicht mehr. Aber ich habe andere Höfe aus jener Zeit gesehen, den festgestampften baren Erdboden betreten, die meterdicke Bruchsteinwand angefaßt, die auf Hüfthöhe in Grassodenwände übergeht. Gestaunt über die Größe des Langhauses, seine Höhe vor allem: von außen hatte das Gebäude viel geduckter gewirkt, kleinlicher. Keine Spur also mehr vom Hof der Lachswassertal-Bewohner, kein Vulkan hat ihren Hof verschüttet, hat ihn unter heißer Asche bewahrt wie den der Leute von Stöng. Aber die Berge stehen noch nach Westen hin, die Laxá fließt vorbei, und im Süden leuchtet der Hvammsfjord, wie er früher geleuchtet hat: silbern flimmerndes Blau. Wie

rissig die Erde hier ist. Als bewahrte die Landschaft sorgsam die alten Wunden (mahnend, nachtragend). Es muß schwer gewesen sein, diesem Boden ein Leben abzuringen.
Warum ist der Hof wohl in das stumpfe Ende des Tales hineingebaut? Aus Angst vor Überschwemmungen? War das Land unten am Fjord sumpfig? Oder brauchtet ihr es für Weiden? Baute Osvif deshalb so nah an die Hänge?
Laugar heißt Bäder; natürlich, die warme Quelle fließt immer noch, ich habe in ihrem dampfenden, ein wenig milchigen Wasser gebadet; heute steht ein Umkleidehäuschen aus Wellblech neben dem Becken, in dem das Wasser aufgefangen wird. Wie rosig aufgequollen meine Haut danach war, weich und teigig, der Körper erhitzt und entspannt vom schwefligen Wasser, in dem ich spätabends mehr saß als schwamm, den Kopf im kalten Wind, wie eine Schiffbrüchige.
Hilflos anderntags meine Versuche, das Tal zu fotografieren, es mitzunehmen. Im Sucher schrumpft die Weite, werden Himmel und Erde so handlich und geheimnislos, als enthielten sie nichts außer Farbe und Form. Die Ansichten hinter den Lidern aufzubewahren versuchen, so, wie die alten Isländer die Geschich-

ten in sich bewahrten: unbeirrbar und immer wieder zum Staunen bereit, nüchtern und leidenschaftlich. Die Bilder wie Kulissen um die Szenen der Saga herumstellen, zurücktreten und dann hineingehen. Dem alten Bauern in Laugar zuhören, der sogar die Strophen noch kennt, die in der Lachswassertal-Saga stehen – zahnlos strahlend trägt er sie vor. Ich stehe auf dem grasbewachsenen Friedhof neben ihm, krieche fröstelnd tiefer in die Jacke, drehe dem Wind den Rücken zu, und er spricht die Strophen, eine nach der anderen, und zwischen tiefen Atemzügen mühelos die verschachtelten Kenningar, die Sinnbilder, Umschreibungen, und die Stabreime, Binnenreime, Zäsuren: alles ist an seinem Platz. Zuhören und plötzlich wissen, daß diese Zeilen von etwas erzählen, das mich angeht.

AUSHOLEN. Höskuld hieß ein Mann aus dem Geschlecht der Unn, der fuhr eines Sommers nach Norwegen, um gegen Wolle und Salzfisch, Gewobenes und Geschnitztes Holz und Getreide einzuhandeln. Jorun, seine Frau, und seine Kinder, die Söhne Thorleik und Bard und die Töchter Hallgerd und Thurid, blieben zurück und versorgten den stattlichen Hof.

Mehr als ein halbes Jahrhundert liegt dies vor Gudruns Witwenschaft.

Höskuld verbrachte den Winter in Norwegen, und als es wieder Sommer wurde, hörte er von einem großen Handelsmarkt. Er begab sich dorthin und sah abseits der Buden ein prächtiges Zelt. Er trat darauf zu und ging hinein, da saß vor ihm ein Mann in einem Samtgewand mit einem russischen Hut auf dem Kopf. Höskuld fragte ihn nach seinem Namen, und der Mann sagte, er heiße Gilli der Russe; womit er Höskuld dienen könne? Etwas kaufen wolle er, antwortete Höskuld, am liebsten eine Sklavin. – Ihr glaubt mich dadurch in Verlegenheit zu bringen, antwortete Gilli, daß Ihr Dinge zum Kauf begehrt, von denen Ihr meint, daß ich sie nicht vorrätig habe; aber da habt Ihr Euch getäuscht. Gilli hob einen Vorhang hoch, der mitten durchs Zelt ging, und Höskuld sah, daß zwölf Frauen dahintersaßen. Gilli forderte Höskuld auf, näherzutreten, und Höskuld schaute sich die Frauen an; er bemerkte, daß die zwölfte sehr ärmlich gekleidet war, aber von schönem Aussehen. Höskuld fragte, was sie kosten solle, und Gilli antwortete: Du sollst sie für drei Mark Silber bekommen. – Es scheint mir, sagte Höskuld, als rechnetest du diese Sklavin ziemlich teuer an. Das ist doch der Preis für drei. Und er begann, das Silber in seinem Beutel zu zählen.

Da sprach Gilli: Dieses Geschäft soll ohne Betrug vor sich gehen, darum mußt du eines noch wissen. Diese Frau hat einen Fehler, ich will, daß du ihn kennst, bevor wir den Handel abschließen: sie ist stumm. Auf vielerlei Weise habe ich versucht, sie zum Sprechen zu bewegen, doch habe ich nie ein Wort aus ihr herausgebracht. Aber für Höskuld schien dieser Fehler nicht schwer zu wiegen. Er kaufte die Frau und kehrte mit ihr in sein Zelt zurück.

Am selben Abend schlief er mit ihr, und am nächsten Morgen, als man sich anzog, sagte Höskuld zu ihr: Geringen Aufwand sieht man an der Kleidung, die Gilli der Russe dir gegeben hat. Und er schloß eine Truhe auf, nahm schöne Frauenkleider heraus und gab sie ihr: Da stimmten denn auch seine Männer darin überein, daß sie ihr wohl anstanden.

Bald darauf segelte Höskuld nach Island zurück, wohl versehen mit Holz und anderen Gütern. Er wurde gut empfangen auf seinem Hof, doch fragte Jorun gleich, wer die rothaarige Frau in seinem Gefolge sei. Höskuld antwortete: Du wirst mir zwar nicht glauben, aber ich kenne ihren Namen nicht. Und er erzählte, wie er sie erworben hatte, und bat sie, die Sklavin gut zu behandeln. Es sei sein Wunsch, daß sie sich im Haus aufhalten dürfe. Jorun antwortete: Ich werde von mir aus keinen Streit anfangen mit dieser Frau, die du dir aus Norwegen mitgebracht hast; aber es soll mir recht sein, daß sie taub und stumm ist. Und Höskuld schlief wieder jede Nacht bei seiner Frau und gab sich wenig mit der Fremden ab, die stolz zu sein schien und nicht ohne Verstand.

Am Ende des Winters gebar Höskulds Nebenfrau. Höskuld wurde herbeigerufen, und man zeigte ihm das Kind, das noch zwischen den Beinen der Mutter lag. Höskuld sah, daß es ein Knabe war und kräftig gebaut. Er nahm ihn auf, und es schien ihm, als habe er nie ein schöneres Kind gesehen. Er befahl, den Knaben Olaf zu nennen, und er schenkte ihm seine ganze Zuneigung.

Im Sommer darauf forderte Jorun, daß die Sklavin eine Arbeit im Haus übernehme, sonst müsse sie den Hof verlassen. Höskuld bestimmte, daß sie ihm und Jorun aufwarte und im übrigen ihren Sohn erzog; mehr wagte er ihr nicht aufzubürden. Sie schien nur an ihrem Sohn interessiert: an seiner Gesundheit, seiner Entwicklung, ständig war er um sie, und als er zwei Jahre alt war, lief er auf dem Hof herum wie ein Vierjähriger und konnte sprechen wie ein Erwachsener.

Eines Morgens geschah es, daß Höskuld ausging lange vor der üblichen Zeit. Das Wetter war gut, die Sonne schon etwas gestiegen; er lief über die Hauswiese, da hörte er menschliche Stimmen. Er ging den Tönen nach bis dorthin, wo ein Bach der Wiese entlangfloß, und da erkannte er seinen Sohn Olaf und dessen Mutter, die eifrig miteinander redeten.

Höskuld erschrak, daß sie also nicht stumm war. Erbost trat er auf sie zu und fragte sie nach ihrem Namen. Es können nun nichts mehr helfen, sagte er, wenn sie sich verstelle. Das solle auch nicht geschehen, antwortete sie, und sie erzählte ihm, daß sie Melkorka heiße und daß ihr Vater Myrkjartan sei, der König von Irland. Dort sei sie, als sie fünfzehn Jahre alt gewesen sei, in Kriegsgefangenschaft geraten. Sich zu entschuldigen fiel ihr nicht ein, vielleicht meinte sie, als Sklavin ein Recht auf ihr Schweigen gehabt zu haben? Wenigstens auf das Schweigen.
Als Höskuld später Jorun die Neuigkeit erzählte, meinte diese, es sei durchaus nicht sicher, daß Melkorka die Wahrheit sage: wie könne er nur so leichtgläubig sein? Außerdem habe sie, Jorun, keinerlei Interesse an solch fremdartigem Volk, käme es nun von woher es wolle. Sie sähe keine Ursache, die Sklavin jetzt anders zu behandeln. Auch wenn der Neid aus ihr sprach, gesunden Menschenverstand konnte man Jorun nicht absprechen: Irland war weit.
Höskuld aber war beeindruckt. Er behandelte Melkorka freundlicher, und er gab sich auch wieder öfter mit ihr ab. Vielleicht war dieses neuerwachte Interesse der Grund, daß Jorun

sich immer weniger mit der Anwesenheit der Fremden abfinden wollte. Daß sie ihr schroffer und barscher begegnete, als nötig war. Daß sie ihr einmal sogar – Melkorka hatte ihr beim Auskleiden helfen müssen – die Socken um die Ohren schlug, wortlos, heftig. Melkorka schlug sofort zurück; ihre Faust traf Joruns Nase so hart, daß das Blut heraussprang. Wenn Höskuld nicht dazwischengetreten wäre, erschrocken, beschämt, und die beiden Frauen nicht auseinandergedrängt hätte, die schnell Atmenden, beide ausgeliefert jahrelang aufgestauter Wut: wenn er sie nicht getrennt hätte, wer weiß, welche Schmach sie einander angetan hätten.
Höskuld schickte Melkorka aus dem Haus. Er baute für sie eine Hütte weiter oben im Lachswassertal. Ihr Sohn Olaf war bei ihr, und sie bekamen alles, was sie brauchten: Kleidung und Gerät, Nahrung und Vieh. Und als Olaf aufwuchs, erkannte bald jeder, daß er alle an Stärke und Schönheit überragte. Mit sieben Jahren wurde er dem Thord Goddi zur Erziehung übergeben, einem reichen, kinderlosen Mann, der in Höskulds Schuld stand; und als Olaf zwölf war, ritt er zum ersten Mal mit zum Thing. Höskuld hatte ihn prächtig mit Kleidung und Waffen ausgestattet und ihm, weil er

sich so gut ausnahm, den Beinamen Pfau gegeben.

Melkorka hatte den Sohn ziehenlassen müssen: was hätte sie, eine Frau, ihm weiter beibringen können, als er einmal laufen und sprechen konnte? Sie fühlte sich einsam in ihrem Haus. Immer öfter überfielen sie die Gedanken an ihre Heimat, den königlichen Hof: Myrkjartan würde sich freuen können an seinem Enkel, was durfte sie ihn ihm vorenthalten? Und hatte sie selber nicht genug gelitten, sich klein gemacht, war die Zeit nicht reif für eine glanzvolle Rückkehr?
Ich stelle mir vor, daß sie daran gedacht hat: an Rückkehr und aufwendige Wiedergutmachung, an eine Fortsetzung des Mädchenlebens in Purpur und Silber, verwöhnt und geachtet – noch war sie nicht alt, Ende dreißig erst. Doch die Sage erzählt nichts davon. Sie gibt Melkorka keine Gelegenheit, in ihre Heimat zurückzukehren, und nicht ein einziger Satz spricht von ihrem Wunsch danach. Wußte sie nur zu gut, daß eine Frau, die Sklavin gewesen war, ihr Leben lang als entehrt galt? Aber ihr Sohn, Olaf Pfau, er sollte nach Irland fahren, er sollte König Myrkjartan aufsuchen, ihm das Alter versüßen mit der Gewißheit, daß

sein Stamm weiterlebe. Noch einmal stellte Melkorka ihr eigenes Schicksal zurück, verdingte sich einem aufdringlichen Freier, heiratete hinter Höskulds Rücken Thorbjörn Skrjup, damit er Olafs Überfahrt bezahle, die Höskuld zu teuer war.

Fuhr Olaf wirklich nach Irland aus? Innerhalb der Sagaforschung gilt die Melkorkageschichte als aufgeblasenes Füllsel; eine erfundene, übertrieben kolorierte Episode sei sie, effekthascherisch und nur der Unterhaltung dienend. Nicht historische Wahrheit. Wirkt aber das Fremde nicht immer übertrieben und unwahrscheinlich, wenn es auftaucht?
Olaf jedenfalls sei in Irland gut aufgenommen worden. Reicht das als Beglaubigung? Zwar hätten die Einheimischen mißtrauisch beobachtet, wie das Beiboot ins Wasser gelassen wurde und er ans Ufer gerudert kam, er war bewaffnet und legte den Schild nicht ab. Selbst als er in der Landessprache zu reden anfing und seine Herkunft kundtat, vertraute man ihm nicht. Erst als er Myrkjartan den goldenen Ring zeigte, den Melkorka als Zahngeschenk bekommen hatte, erst da wurde er aufgenommen, in die Burg geführt und bedient; und die Amme, die Melkorka aufgezogen hat-

te, strich um ihn herum und hätte ihn am liebsten mit dem Löffel gefüttert.
Alles erfunden? Daß Myrkjartan ihm gar seine Würde übertragen wollte, das Reich verschreiben, was Olaf aber ablehnte. Besser eine kurze Ehre als eine lange Schmach, habe er geantwortet: Myrkjartans Söhne würden diesen Handel wohl nicht billigen. Er, Olaf, wollte nach Norwegen segeln und dem König in Nidaros, dem heutigen Trondheim, die Reverenz erweisen – Harald Blåtand muß es gewesen sein, etwa im Jahre 960 –, und dann nach Island zurückkehren, sobald Wind und Wetter es zuließen. Seine Mutter würde wenig Freude mehr haben im Leben, wenn er nicht wiederkäme.
Da meinte der irische König ergeben, Olaf müsse so handeln, wie er es für richtig halte, und belud ihm das Schiff mit Kostbarkeiten.
Olaf wurde berühmt für seine Fahrt, das reicht als Sinn für ie Kapitel. Er glaubte an die erlebten Wunder, und seine Umgebung tat es auch. Glücklicher ist er also gewesen als Jon Gudmundsson von Kothagi am Thrymsfjord, von dem Halldór Laxness erzählt. Jon fand keine Gnade, so sehr er auch behauptete, Napoleon Buonaparte zu sein, der Sohn von Napoleon dem Ersten und Viktoria, der Königin

von England. Hatte er denn nicht Rettung suchen müssen an isländischer Küste, nachdem sein weißer Luxusdampfer auf hoher See gesunken war? War er nicht hinter dem großen Gletscher, dem Vatnajökull, herumgegangen auf der Suche nach einem Ort zum Überleben, und erschien ihm nicht dieser lange, zuletzt gekrochene Weg noch viel beschwerlicher als alle seine Heldentaten? Die Wiederbekehrung Dänemarks, oder der Sieg über die Türken? Nein: als Kaiser im Exil ließ keiner den Jon Gudmundsson gelten, auch wenn er auf Hof im Jökulsartal, wo er gestrandet war, zwei Pfarrer überlebte und fast noch einen dritten. Da hat dann auch Jon selbst mit den Jahren das Bild von sich verloren, das seit der Kindheit in ihm gewesen war, weil es damals, mit zwei Nägeln befestigt, von der Wand der schiefen Kate geschaut hatte mit Augen, die nichts anderes zuließen. Das hat Olaf nicht erlebt. Die Saga läßt keinen Zweifel an seiner Größe aufkommen und an seinem Recht, Außergewöhnliches zu erleben. Dem Sohn einer Ehrlosen schlägt nichts als Bewunderung entgegen, trägt er nicht einen reich geschmückten Helm? Hat er nicht ein goldverziertes Schwert? Wo Jon doch die Stiefel und die Brille und den kurzen Mantel, die er einmal besessen hatte, längst hatte hergeben müssen, als er um den Gletscher kam auf allen Vieren. Und auch sie hatten schon niemanden überzeugt von seiner kaiserlichen Würde.

Nur Thorgerd, die Tochter des Egil Skallagrimsson, des mächtigen Goden, glaubte nicht an irische Wunder. Für sie war Höskulds Werbung in Olafs Namen eine Beleidigung: wie konnte er, der Vater des Sohns einer Sklavin, es wagen, um ihre Hand anzuhalten? Und bedrängte man sie noch so sehr: für Sklavenbrut war sie sich zu gut.

Was man nicht selbst besorgt, das fressen die Wölfe, soll Olaf nur gesagt haben, als er von Thorgerds Weigerung erfuhr. Er trug das scharlachrote Gewand, das ihm König Harald von Norwegen geschenkt hatte, auf dem Kopf den vergoldeten Helm und an der Seite das schwere, verzierte Schwert, das König Myrkjartan gehört hatte – stolz und farbenprächtig wie ein Pfau macht er sich auf den Weg zu Egils Tochter. Höskuld geht hinter ihm, hilflos vor Unsicherheit, der Thingplatz ist ihm breit wie die Welt in diesem Augenblick.

Egil begrüßt die Männer, und Höskuld setzt sich gleich neben ihn. Olaf bleibt stehen und schaut sich um mit Helm und Schwert. Er

sieht eine Frau auf der Querbank der Thingbude sitzen, schön ist sie und vornehm gekleidet. Es muß Thorgerd sein; er geht und setzt sich neben sie. Thorgerd fragt ihn, wer er sei, stolz nennt er seinen Namen und sagt: Du wirst wohl denken, der Sohn der Sklavin sei frech geworden, weil er es wagt, sich neben dich zu setzen und mit dir zu sprechen.
Du wirst dir wohl bewußt sein, antwortet Thorgerd und schaut auf sein Schwert, matt glänzt es im Widerschein des Feuers; du wirst wohl wissen, fängt sie noch einmal an, daß du schon Kühneres geleistet hast, als mit Frauen zu reden. Es war nicht nur das Gold, versuchte sie sich später zu versichern, nicht nur das reiche Gewand, die ihr das sichere Gefühl gaben, am Ziel zu sein. Eine ehrenvolle Werbung, auf einmal fraglos angenommen, schwer fällt ihr nur, weiterhin so unbeteiligt an ihm vorbeizusehen.
Noch auf dem Thing fand die Verlobung statt; die Hochzeit, so wurde vereinbart, sollte sieben Wochen vor Ende des Sommerhalbjahres auf Höskuldsstadir gefeiert werden.

Jetzt trennt uns nur mehr eine Generation von Gudrun, und doch ist vieles noch zu erzählen, bevor die Geschichte sie wieder einholt. Auch

die Saga verfährt so: packt einen Faden in dem Knäuel, geht an ihm zurück bis zu seinem Anfang, dem ersten deutlichen Knoten, läuft dann an ihm entlang durch die Jahre, bis er sich teilt oder bricht; holt neu aus, dem nächsten Faden entlang, bis auch der sich mit der Haupthandlung verweben läßt. Groß muß das Gedächtnis der Zuhörenden gewesen sein, daß sie alle die Namen behielten, die Ursachen und die schlimmen Folgen – unvorstellbar geübt auch im Auseinanderfalten der Zeiten. Neugierige Geduld.
Gudrun wartet, das Kind an der Brust, das Kind neben sich: wann holt die Geschichte sie wieder ans Licht? Der Gode Snorri erbietet sich, den kleinen Thord aufzuziehen. Und Gudrun denkt an die Träume, die Gest ihr gedeutet hat. Sollte es wirklich ihr Los sein, viermal zu heiraten und viermal zurückzubleiben? Wäre nichts dauerhaft, was ein ganzes Leben mit Sinn erfüllen könnte? Wilde Ungeduld, und zum erstenmal spürt sie Bitterkeit: schmerzendes Saugen hinter den Augäpfeln, ein Brennen, tränenlos, und im Mund Ekel. Aber was hülfe Selbstmitleid? Zweimal gespielt und zweimal verloren: reicher geworden an Schmuck, Geld und Einfluß, ärmer an Zuversicht.

Dumm vergeudete Zeit: zu sitzen, zu spinnen, zu warten; zu weben, zu kochen, zu schelten; um das Haus nichts als Wind und das helle Hämmern aus der Schmiede, das nach Weggehen klingt, aber sie nicht meint. Tänzelnde Pferde im Regen, Wolken, trocknende Segel am Ufer des Fjords. Netze, Fische, Ruder. Schnee und Finsternis. Verwehungen. Nicht enden wollende Nächte im einsamen Bett, im Haus die Gerüche nach alter Wolle und getrocknetem Fisch, nach Stroh und feuchter Erde. Das Feuer müde und der Rauch so umständlich auf seinem Weg zum Loch im Dach. Es soll Länder geben, hatten Weitgereiste erzählt, in denen selbst die Winternächte nicht kalt sind, wo der Mond hoch am Himmel steht und die Sonne nur für die Nacht hinter dem Horizont verschwindet. Da stehen Büsche, die so hoch sind, daß man unter ihnen hindurchgehen kann, und Flechten, die tellergroße Blüten tragen. An den Büschen sollen süße weiche Früchte wachsen und in der Erde dicke Wurzeln, rote, gelbe, weiße, blaue sogar, nie sei sie gefroren, kaum je von Schnee berührt. Warm sei die Luft; die Frauen gehen in Kleidern, die dünner seien als hierzulande ihr Unterkleid, barfuß und ohne Hauben gehen sie unter der Sonne, die sommers als Feuer im Himmel stehe, heiß wie die kochenden Wasser, die sich hier aus den Ritzen der Erde drängen, und abends sei der Gesang von Vögeln zu hören. Mancherorts sei das Land so reich, daß die Höfe nah beieinander ständen, und doch trage jeder genug ein. Jeder Acker voll Frucht, von Tür zu Tor sei es nur ein Schritt, von Feld zu Feld ein Pfad. Man könne draußen essen, draußen die Feste feiern, Met trinken, und Lieder würden gesungen, sanft wie die Hügel, auf denen ein Teppich liege von weichem Gras.

Wegsegeln zu können, dorthin, wo diese unvorstellbaren Wunder Wirklichkeit sind. Mehr zu sehen als nur die Berge, das Meer und die Zungen der Gletscher. Schauen, riechen, schmecken, was alles möglich ist auf der Welt, und sich messen auch: daran, wie andere Menschen arbeiten, wie sie leben, wie sie zueinanderstehen. Sehen, wie schön die Frauen sind, wie stark, an anderen Küsten, hören, was sie erzählen von ihren Tagen. Zurückzukehren mit gestilltem Hunger, sattem Kopf, eine andere geworden unter fremden Augen. Aber natürlich gab es für sie keine Möglichkeit, je in die Ferne zu kommen. Auszufahren nach Ruhm und Abenteuer war männliches Vorrecht. Es fuhren nur die Männer aus, all die jungen Helden, die sich einen Namen machen und Wissen erwerben mußten, wie es nur die Fremde bot, ihnen stand das zu, während die Frauen den Hof weiterführten, das Haus instand hielten und auf die Rückkehr der Männer hofften.

«Wie Körner im Sand, klein an Verstand / ist kleiner Seelen Sinn. / Ungleich ist der Menschen Einsicht, / zwei Hälften hat die Welt.»

Auch Kjartan, Olafs Ältester, und Bolli, sein Ziehbruder, fuhren aus. Von ihnen wird jetzt zu berichten sein, Gudrun will nicht länger warten.
Als Höskuld sein Ende nahen fühlte, rief er seine beiden Söhne Thorleik und Bard zu sich und auch Olaf, den er mit Melkorka gezeugt hatte. Jedem sprach er ein Drittel des Erbes zu und bat sie, seinen Entscheid anzunehmen. Bard und Olaf dankten Höskuld, während Thorleik, der Älteste, unzufrieden war: warum sollte er sein väterliches Erbe mit einem Magdsohn teilen, der ohnehin mehr besaß, als ihm zukam? Natürlich konnte er seinem Vater, der auf dem Totenbett lag, nicht widersprechen, aber er schwor sich, Olaf seine Feindschaft spüren zu lassen.

Olaf aber wollte keinen Streit und suchte nach einer Möglichkeit, Thorleik zu besänftigen. Er bot an, Thorleiks Sohn in seine Familie aufzunehmen und ihn aufzuziehen. Thorleik würde dieses Zeichen zu deuten wissen; in Island galt damals jener für den geringern Mann, der den Sohn eines anderen bei sich aufnahm. Thorleik willigte ein.

Bolli wuchs also bei Olaf und Thorgerd auf, die selbst einen Sohn hatten, der fast genauso alt war wie Bolli; Olaf hatte ihn Kjartan genannt nach seinem Großvater, dem irischen König Myrkjartan.

Die Saga braucht viele große Worte, um Kjartan zu beschreiben. Er sei der schönste aller Männer gewesen, heißt es: «Er hatte klare Züge und ein wohlgeformtes Gesicht, die allerschönsten Augen, eine helle Gesichtsfarbe; sein Haar war voll und schön wie Seide, es fiel in Locken herab. Er war groß und kräftig und so vollkommen entwickelt, daß alle ihn bewunderten, die ihn sahen. Er war auch ein geschickter Fechter und der beste Schwimmer. In allen Fertigkeiten übertraf er die anderen bei weitem; aber er war der bescheidenste Mensch und so liebenswürdig, daß jedes Kind ihn gern hatte. Er war munteren Sinns und freigebig mit seinem Gut.»

Das Gefühl, der Schreiber suche nach Worten, hole die höchsten, die besten hervor, um dem Außergewöhnlichen dieses Mannes gerecht zu werden.
«Bolli, sein Ziehbruder», heißt es weiter, «war groß an Wuchs; er kam Kjartan am nächsten in allen Fertigkeiten und an Tüchtigkeit; er war stark und schön, ritterlich und ganz wie ein rechter Kriegsmann, sehr prächtig in seinem Auftreten. Die beiden Ziehbrüder hatten sich sehr lieb.»

Kjartan und Bolli: sie werden im Mittelpunkt der Saga stehen für eine lange Zeit, und Gudruns Leben wird sich mit ihrem Schicksal vermischen. Aus der ersten Beschreibung der Freunde ist es noch nicht abzulesen, bloß zu erahnen: so viel Lobpreisung kann nur der Auftakt sein zu einem Verhängnis, einem tiefen Fall. Doch für das Außergewöhnliche hat die Saga nur ziemlich oberflächliche Wörter: schön, prächtig, bescheiden, ritterlich. Es ist mir schon bei anderen Figuren aufgefallen, wie holzschnittartig die Charaktere gezeichnet sind; beinahe schematische Beschreibungen, als bestünden die Menschen nur aus Handlungen. Zäh und zielstrebig verrichten sie ihre Taten, die guten, die grausamen, und die Jahres-

zeiten gehen über das Land, bringen Tod und Geburt und aufs neue ähnliche Konstellationen, ähnliche Schicksale.
Aber auch bei mir, merke ich, verbinden sich die immergleichen Wörter mit dieser Geschichte, diesem Land: karg und kahl, barsch und brüsk, streng und stark; Stein, Fels, Wolke, Meer. Hart und graugrün, heiß und kalt, Liebe, Rache, Neid und Tod. Wörter wie unbeschlagene Steine. Kantig und altertümlich, wie die hölzernen Bauklötze, mit denen die Kinder noch Schlösser bauen können, wir nicht mehr.
Mag sein, daß das Leben auf einer arktischen Insel die Menschen so formt, daß sie unweigerlich kantig werden und knapp im Reden, ungeduldig und großzügig zugleich – doch wie kann ich dessen sicher sein, die ich aus ganz anderen Gegenden komme, Island niemals erleben kann wie eine, die immer hier gelebt hat? Sehe ich nicht stets zuerst die Unterschiede, nie den Kern?
Das Licht ist greller als bei uns, schutzlos und auch fader: ein verrutschtes Spektrum, dem die roten Beimischungen fehlen und das in unbunten Kontrasten schwelgt. Auch das Wetter läßt sich nicht auf Zwischentöne ein, es wechselt launenhaft schnell, fast aggressiv, die

Windböen, die Regenschauer fahren unvorhersehbar daher und überfallen einen wie das Vieh auf der Weide. Im Juni, Juli ist es kühl wie bei uns im März, April; die Menschen sind in imprägnierte Jacken gewickelt und praktische Hosen, während die geblümten ärmellosen Sommerkleidchen in Reykjavíks Schaufenstern so auszusehen versuchen, als würden sie noch gebraucht.
Die Luft riecht nach Salz und nach Fisch, selbst in der Hauptstadt mit den zugigen Ausfallstraßen, wo sich abends an den wenigen Ampeln die amerikanischen Schlitten stauen. Kaum aus der Stadt heraus, saugt einen die Landschaft auf: herrisch und gleichgültig. Die Täler liegen still und breitgedrückt unter dem sich drehenden Himmel. Die Flüsse winden sich in großzügiger bemessenen Schleifen, stürzen brüsker über Felskanten, und das Meer lockt mit geriffelt verspiegelten Fernen, während die Wellenschwärme sich unermüdlich sammeln und ans Ufer rennen, Schaum im Mund. Der Perlmutterglanz der Gletscher wirkt ewigkeitssüchtig, unnahbar großartig, und das explosive Zischen der heißen Dämpfe aus den Bodenspalten erschreckt, auch durch den schwefligen Gestank.
Wieviele Wörter fehlen mir hier, wieviele Er-

fahrungen; alles Bisherige ist zu klein und zu bewohnt.
Den Wind, zum Beispiel, wie könnte ich ihn beschreiben? Ich habe nur Wörter, die seine Richtung benennen (Föhn, Bise, Brise), die Windstärke erfassen wir mit Ziffern, die Temperatur mit einem Adjektiv; wir können nicht, wie die Isländer, die Feuchtigkeit des Windes mit seinem Namen belegen, dazu die Tatsache, ob er abflaut oder zulegt, ob er Schnee trägt, Regen oder Sand, ob er zu Wirbeln neigt oder bald einschlafen wird. Mir fehlen dafür die Silben, fehlen die Sinne wohl auch; wie wichtig sind mir schließlich Winde?
Wären es also doch nur Gefühle, die wiedererkennbar sind? Haß, Neid, Sehnsucht, Traurigkeit, Hunger nach Leben?

WANN HAT SIE IHN zum ersten Mal erkannt, wann er sie? Die beiden Ausgezeichneten, Gudrun und Kjartan, die Schönsten, wenn es diese Adjektive denn braucht. Ein blendendes Erschrecken, das alles verändert, die Geräusche lauter auf einmal, die Farben kräftiger und alles möglich, was vor einer Stunde noch nicht denkbar war. Ich wußte gar nicht, daß ich so viel wert bin, durchfährt es Gudrun, und sie vergißt ihren Stolz, vergißt die Witwenschaft: die jammernde Schwiegermutter, die lauernden Blicke, die nagende Leere. Sie übersieht Bolli, der neben Kjartan steht und mit wohlgesetzten Worten versucht, einen Teil der Aufmerksamkeit auf sich zu lenken – seine Bewegungen sind zu groß, hilflos ausgestellt.

An der warmen Quelle im Saelingstal ist es gewesen. Hier trafen sich die jungen Leute der Umgebung. Lachen und Baden, eine Insel der Lebhaftigkeit. Kjartan und Bolli waren von

Hjardarholt gekommen, und Gudrun hielt sich oft an der Quelle auf, der Ort war ihr Stachel und Beruhigung in einem: dort war sie frei von der Sippe, und er erinnerte sie an Gests Weissagung. Der Zwiespalt, die Deutung nicht annehmen zu wollen und die Hoffnung doch zu brauchen, das Leben wäre noch nicht zu Ende. Dreiundzwanzig Jahre alt ist sie, zwei Männer, ein Kind auf ihrem Weg, und in diesem Moment wird sie neugeboren. Kein Zögern, kein Nesteln. Sie wäre mit ihm mitgegangen auf der Stelle, hätte es die Möglichkeit gegeben.
«Alle kamen überein», sagt die Saga lapidar, «daß kein passenderes Paar unter allen jungen Leuten gefunden werden konnte, als Kjartan und Gudrun.» Nur Olaf, Kjartans Vater, wurde von bösen Ahnungen verfolgt. Das Herz würde ihm jedesmal schwer, gestand er dem Sohn, wenn dieser nach Laugar ginge. Es sei nicht so, daß er Gudrun nicht höher schätze als alle anderen Frauen, daß er sie nicht als einzige des Sohnes für würdig halte – er fürchte nur, daß diese Verbindung böse enden werde. Was hätte Kjartan dem Vater antworten können? Er hatte sich entschieden; das einzige, was ihm einfiel, war, den Schritt hinauszuzögern. Noch war er nicht auf Fahrt gegangen,

die Heirat könnte warten. Fühlte er sich Gudruns so sicher?
Sobald sich die Gelegenheit bot, entschloß sich Kjartan, an einer Fahrt nach Norwegen teilzunehmen.
Die Nachricht lähmte sie wie ein Stich ins Herz. Schnell hast du dich dazu entschlossen, Kjartan, meinte Gudrun und schaute an ihm vorbei. Sah es nicht aus, als flöhe er vor ihr?
Laß dir das nicht mißfallen, tröstete Kjartan. Ich will dir dafür etwas anderes tun, das dir lieb ist.
Dann will ich gleich sagen, was ich mir wünsche, fiel sie ihm ins Wort: Laß mich mit dir ausreisen diesen Sommer, und du hast deinen hastigen Entschluß an mir wieder gutgemacht. Ich liebe Island nicht.
Hat er gelacht? Hat er gezögert? Nicht einmal das. Das kann nicht sein, hat er geantwortet, als spräche er zu einem Kind. Deine Brüder sind noch unselbständig und dein Vater ist alt. Sie wären aller Fürsorge beraubt, verließest du das Land. – Weiß sie das nicht selbst? Was hat sie nur für Flausen im Kopf. – Warte auf mich drei Winter, fügt er noch bei: als könne ihr eine Frist die Leere füllen. Sie weicht seinen Händen aus, dreht sich weg. Woher auf einmal die Übelkeit?

Wie eine Versuchung in ihr der Wunsch, nachzugeben. Fast übermächtig das Bedürfnis, anders zu sein: blasser, sanfter. Zufriedener. Nicht das scharfsinnige Leitpferd, das sie war; nicht so ehrgeizig, getrieben von ohnmächtigen Wünschen. Eine Schwäche, die sie schwindeln macht. Anlehnungsbedürftig zu sein, dankbar, genügsam und glücklich über das schmalgezogene Glück, das ihr da in Aussicht gestellt wird. Sich ihm in die Hände zu legen mit Kopf und Leib, mit allem, was sie war und wäre, und es würde reichen für ein ganzes Leben ...

Nur ein paar Augenblicke lang diesen Abgrund spüren und sich gleich schämen dafür. Und als müsse sie sich bestrafen: mehr Härte in die Stimme, den Körper wappnen gegen diese Kraft, die sie zu Kjartan zieht. Nichts preisgeben von ihrem Schmerz, sich nicht erniedrigen.

Einen Moment lang haßt sie ihn für die Macht, die er über sie hat. Daß Gefühle knechten, es darf nicht sein. Sie könne ihm nicht versprechen, sagt sie laut, daß sie so lange auf ihn warten werde, und sie schaut ihm trotzig ins Gesicht.

Beide zu stolz für ein weiteres Wort. Sie scheiden stumm voneinander, Kjartan reitet heim,

und bald darauf geht er mit Bolli an Bord des Schiffes, das sie nach Norwegen bringen wird. Der Fahrtwind ist günstig.
Gudrun bleibt zurück.

Monate vergingen, ein Jahr. Manchmal kamen Reisende in die Gegend, die erzählten von ihren Fahrten und von den Verhältnissen in Norwegen: Jarl Håkon war tot und König Olaf, Tryggvis Sohn, an seine Stelle getreten. Ganz Norwegen hatte sich ihm schon unterworfen, obwohl er einen Glaubenswechsel gebot: Odin, Thor und Freyr zu ersetzen befahl durch den Gott der Christen, der andere Gesetze auferlegte und andere Gebete brauchte. Gudrun war gierig nach Nachrichten, sie verstand es, die Männer in Laugar zu halten, sie auszufragen: Vielleicht fiele auch einmal Kjartans Name, oder sie gewönne ein Bild von dem fremden Land, in dem Kjartan unterwegs war. Tatsächlich wurde ihr berichtet, alle Isländer, die den neuen Glauben nicht annehmen wollten, dürften Norwegens Küste nicht mehr verlassen; inzwischen säßen viele große Herren in Nidaros fest, vertrieben sich die Zeit mit Kampfspielen und warteten darauf, vor den König gelassen zu werden. Kjartan wurde ihr Anführer, weil er nicht nur unter den

Freunden hervorstach, sondern in einem Schwimmkampf auch dem Stärksten der Norweger ebenbürtig war: dem König selbst, wie sich herausstellte.
König Olaf hatte auch von Kjartans Gruppe verlangt, sie solle zum Christentum übertreten, doch Kjartan wollte eher den König umbringen, als den fremden, schwächlichen Glauben annehmen. Diese Rede wurde dem König hinterbracht, und Olaf lud die Isländer vor und fragte, wer davon gesprochen habe, ihn zu töten? Kjartan trat vor, und das beeindruckte König Olaf so sehr, daß er Gnade vor Recht ergehen ließ und ihn nicht bestrafte.
An Weihnachten jedoch, als Olaf Tryggvason in der neuen Kirche von Nidaros zu den Gläubigen sprach, da wurde Kjartan überwältigt von der Milde und Ehrlichkeit seiner Lehre. Noch am selben Tag ließ er sich vom König taufen, und mit ihm taten Bolli, die ganze Schiffsgemeinschaft und viele andere Isländer diesen Schritt. Es kann den alten Göttern nicht gefallen haben. War es nicht Thor, der Jähzornige, der kurz darauf, als in Island ganze Bezirke von ihm abzufallen begannen, seinen Hammer auf die Erde warf? Godafossin soll damals entstanden sein, der breite, gleichmäßige Wasserfall. Oder sollen wir die andere Ge-

schichte glauben: daß Thorgeir Ljónvetningagodi die alten Götterbilder, die er als Christ nicht mehr zu brauchen meinte, in jenem Fluß versenkte, worauf die Erde sich spaltete. Tatsächlich sieht der Wasserfall so aus, als wäre er mitten in die Hochebene hineingedrückt worden, als sei die Grasschicht, die Felskruste breit eingebrochen – Thor traue ich solche Kräfte zu. Das Wasser fällt wie ein Vorhang von einem weg, stürzt zuerst in einen Kesselsee, dann in eine tief eingekerbte Schlucht, als würde es in die Tiefe gezogen. Fallen bei uns die Wasserfälle nicht herrlich von felsigen Höhen herab? Heben wir nicht den Blick zu ihnen empor? In Island brausen sie in die Tiefe, lassen Sprühnebel zurück und Ahnungen von Höhlen, schattigen Unterwelten.

Odin sah sich überflügelt. Hatte er noch sein eines Auge für die Weisheit hergegeben, seine beiden Raben täglich ausschicken müssen, um zu erfahren, was die Menschen in Midgard, der Mittleren Welt, und die Riesen in Utgard, der Äußeren Welt, trieben, so war der neue Gott allwissend und allmächtig: ohne Durst und ohne Liebeskummer, er hatte keine Familie und brauchte sein Ende nicht zu fürchten. Von Ewigkeit zu Ewigkeit herrscht er über die Welt, zurückgelehnt in den Wolken, das Ge-

wimmel auf Erden ungerührt sich selbst überlassend.
Hätte aber Odin noch von Asgard, seiner Burg, herabgeschaut auf die Menschen, das Treiben der Isländer in Norwegen hätte ihm gefallen. Und Kjartan wäre ein Held nach seinem Geschmack gewesen: Kühn, kräftig, begabt und beliebt, verstand er es, überall im Mittelpunkt zu stehen, ohne Neid zu wecken, ohne andere zu demütigen.

Kjartan blieb noch zwei Jahre am Hof von König Olaf, und alle waren ihm zugetan: auch Ingibjörg, die Schwester des Königs, die noch nicht verheiratet war. Olaf wollte Kjartan erst ziehenlassen, wenn er verspräche, gleich nach seiner Ankunft ganz Island zu christianisieren. Dazu war die Zeit nicht reif; wie hätte er es versprechen können? Kjartan wartete ab.
Bolli jedoch zog es zurück. Wußte er um die Frist, die Kjartan sich von Gudrun ausgebeten hatte? Ich bin entschlossen zur Abreise, sagte er zu seinem Freund und Halbbruder. Dich wird König Olaf so schnell nicht freigeben. Aber das macht dir wohl nicht viel aus, so lange du neben Ingibjörg sitzen kannst.
Kjartan antwortete zwar: Was redest du da? Du sollst unseren Verwandten meine Grüße

bringen und auch unseren Freunden, aber Verdacht schöpfte er nicht.
Bolli segelte mit seinen Gefährten nach Island zurück. Sie kamen zur Thingzeit an und berichteten von ihren Abenteuern, ihrer Bekehrung und auch davon, daß König Olaf wünschte, ganz Island träte zum Christentum über. Die Saga erzählt, diesen Wunsch seien gleich alle Männer gefolgt – soll ich es glauben? Wird hier nicht eher der Knoten geschnürt? Kjartan muß doch zurückkehren, nicht nur Gudrun erwartet ihn. Auch die Geschichte tritt sonst an Ort.
Bolli jedenfalls reitet vom Thing gleich nach Hjardarholt und von dort nach Laugar. Er wird begrüßt und bewirtet. Gudrun legt ihm selber das Fleisch vor, sieht zu, wie er ißt, wie er trinkt, wartet, daß er zu sprechen beginnt, stellt ihm endlich ihre Frage. Sie schaut nicht in sein Gesicht, sieht nur seine Finger mit den runden, etwas hochgebogenen Kuppen, wie sie, fettig vom Fleisch, am Becher abgleiten.
An eigenen Erlebnissen sei nicht viel zu berichten, sagt Bolli endlich und schiebt die Knochen auf dem Tisch zusammen, wohl aber, was Kjartan angehe: Er gehört zum Gefolge des Königs, und es würde mich nicht überraschen, wenn wir hierzulande wenig von ihm

haben sollten in den nächsten Jahren. Gudrun stutzt. Sind die drei Jahre nicht um?
Ob es für sein Bleiben in Norwegen noch andere Gründe gebe als die Freundschaft des Königs, fragt sie; als wäre Schlimmeres denkbar, als vergessen zu werden.
Bolli lächelt und redet laut und lauernd von der Freundschaft zwischen Kjartan und Ingibjörg, der Königsschwester. Er denke, der König werde Kjartan eher seine Schwester zur Frau geben, als ihn ziehenzulassen. Doch könne er sich täuschen.
Kaum merklich eine Pause. Her mit dem Stolz, dem Panzer. Das wäre eine gute Nachricht, sagt Gudrun steif. Es müsse eine große Frau sein, daß sie Kjartans würdig wäre. Und sie steht auf und geht hinaus.
Den Rücken anlehnen am Pfosten der Tür, die Augen schließen. Die Schwäche zulassen, die aufsteigt von den Kniekehlen, die den Rücken krümmt, die Schultern. Verraten. Scham. Wut, ohnmächtige Wut. Wäre sie ein Mann, sie würde nach Norwegen segeln und ihn zum Zweikampf fordern – so aber. Als schließe sich die Gletscherspalte über ihr. Hat sie nicht gewartet, hat sie sich nicht drei Jahre lang zu Hause beschieden im strengen Geviert, auf Kjartans Rückkehr gehofft, den Lohn für die

Geduld. Den Aufbruch ins Ungebärdige – und jetzt? Vorbei die gehätschelte Hoffnung, durch Dulden weiter zu wachsen.

Nach drei Wochen dann Bollis Antrag. Wie sie ihm antworten würde, sollte er um ihre Hand anhalten, wollte er wissen, der Winkelzieher. – Solche Frage solltest du mir nicht stellen, Bolli, stieß sie ihn weg: Keinem Mann werde ich mich vermählen, so lange ich Kjartan am Leben weiß. – Da wirst du wohl noch manches Jahr ohne Mann sitzen müssen, antwortete er mit eifrigem Bedauern. Er hätte mir eine Nachricht für dich mitgegeben, wäre ihm daran gelegen gewesen, daß du weiter auf ihn wartest.
Kaum aus dem Schatten des Bruders getreten, hatte er schon Schadenfreude im Gesicht.
Der Herbst. Jetzt kämen keine Schiffe mehr. Und wieder belästigte Bolli sie mit seinem Antrag, hatte sie ihm nicht deutlich genug geantwortet? Auch Gudruns Sippe begann sich einzumischen: Was saß sie jahrelang, vergeudete ihre beste Zeit? Sechsundzwanzig war sie, eine Frau, wie sie jedem Helden gut anstand. Reich und schön, angesehen und noch jung genug, viele Söhne zu bekommen ... Mit zwölf Gefährten ritt Bolli in Laugar ein.

Schnell hatte er Osvif, den Vater, von seinem Antrag überzeugt, und beide redeten so lange auf Gudrun ein, bis sie erschöpft nachgab. Was versteifte sie sich auf ihre Weigerung – hatte Kjartan nicht jede Möglichkeit versäumt, ihr Nachricht zu geben, ein Zeichen zu schicken? Eine Erklärung für seine Verspätung, den Bruch des Versprechens? Dann wäre es also wahr, was Bolli angedeutet hatte: daß er sie vergessen hatte in den Stunden, die er mit Ingibjörg verbrachte, der Schwester des Königs?
Was blieb ihr anderes, als zu antworten auf diesen Verrat, selber den Vertrag aufzukündigen, einen anderen zu heiraten, in den Wind zu werfen die Glut, damit sie sie nicht verbrenne.
Um die Zeit der ersten Winternächte fand die Hochzeit statt. Gudrun auf dem Brautsitz, steif und dunkel, entschlossen, die Wunde zu verleugnen. Zur Bitterkeit ein zynischer Tropfen: sie würde sich zu rächen wissen. Noch war das Leben nicht aus, und es gab Waffen, die auch ihr, der Frau, in die Hände paßten –

Das Glück der beiden sei nicht sehr groß gewesen, meint der Erzähler: Gudrun habe wohl auch kaum dazu beigetragen. Der Winter ging vorbei, der Schnee begann zu schmelzen, und als der Sommer kam, da fuhren die Schiffe wieder von Land zu Land. Nach Norwegen kam die Kunde, daß Island christlich geworden war. Da ließ König Olaf allen Isländern, die er in Nidaros festgehalten hatte, mitteilen, daß sie frei wären zurückzukehren in ihr Land. Noch am selben Tag bat Kjartan den König um seinen Abschied. Olaf Tryggvason wurde traurig: gern hätte er es gesehen, wenn Kjartan um Ingibjörgs Hand angehalten hätte, doch nicht einmal der Königsschwester stand es zu, Kjartan umzustimmen.

Als er sich von ihr verabschiedete, nahm sie ein golddurchwirktes weißes Tuch aus ihrer Truhe und legte es ihm in die Hand. Er solle es Gudrun, der Osvifstochter, als Morgengabe schenken, sagte sie; es würde sie daran erinnern, daß die Frau, mit der sich ihr Geliebter in Norwegen unterhalten habe, nicht von Knechten abstamme. Und sich verbeugen vor ihrem Glück.

Vom König bekam Kjartan ein goldverziertes Schwert. Laß es dir zur Seite sein, wohin du auch gehst; keine Waffe soll dich niederstrecken, so lange du es trägst, sagte Olaf feierlich und begleitete Kjartan zum Hafen, bis an sein Schiff, sah ihn einsteigen, ablegen, der

Wind griff in die Segel, zog den Kahn in den Ozean hinaus. Der König stand am Ufer, blickte ihm nach und wußte, Schweres drohte Kjartan in Island, und nichts würde ihn schützen können.
Wie lange dauerte die Überfahrt? Zu lang dem Sehnsüchtigen, der sich am Z el seiner Wünsche glaubte. Lang genug, um die Wünsche schon als Wirklichkeit zu denken. Das Wasser trug, der Himmel blieb klar, und eines Morgens waren Schatten am Horizont: der weiße Rücken des Eyjafjöll und links davon die Hekla, der Feuerdrachen, davor die Klippen der Westmännerinseln: Island. Wo die Hvitá in den Borgarfjord fließt, legte das Schiff an, und die Kunde von Kjartans Ankunft verbreitete sich schnell.
Ungebeten die ersten Neuigkeiten. Das Schiff war kaum auf den steinigen Strand gezogen, noch nicht entladen, da hinterbrachte man Kjartan schon die Nachricht von Gudruns Heirat. Er arbeitete weiter: hob verpackte Ballen vom Schiff, ließ Bauholz stapeln und die Segel einfalten, gab seine Befehle und begrüßte Thurid, seine Schwester, die zu dem Schiff gekommen war. Auch Hrefna begrüßte er, die Schwester seines Bootsgefährten Kalf, und beiden Frauen bot er an, sich etwas aus der

Schiffstruhe auszusuchen als Willkommensgeschenk.

Hrefna, das blasse sanfte Mädchen, hielt nach kurzem Zögern, vorsichtigem Suchen den Samtbeutel in der Hand, in dem Ingibjörgs Tuch lag. Der warme rote Samt, das lockende Gold im Weiß des Tuches; sie breitete das Linnen aus und hielt es gegen das Licht: wie fein es gewoben war, wie gleichmäßig und weich, vielleicht war es gar kein Linnen, war etwas viel Selteneres, Teureres, wie schön es fiel, wie anmutig es sich wellte im leichten Wind, der die Goldfäden aufblitzen ließ ... Sie solle es sich doch umbinden, stieß Thurid sie an: dann werde man sehen, wie es ihr stehe! Unsicher lächelnd legte sich Hrefna das Tuch aufs Haar, hielt es vorne zaghaft zusammen, das Kinn vorgestreckt, wagte kaum den Kopf zu bewegen, drehte nur die Augen nach allen Seiten und sah, wie Kjartan zu ihnen trat, errötete. Kjartan sagte: Schön paßt dies s Kopftuch zu dir, und Hrefna stand, als wäre sie aus Holz. Und nach einer Pause sagte er: Ich denke, es wäre wohl am besten, wenn mir beides gehörte: Kopftuch und Mädchen. Dieser Schmuck steht dir gut, da ist es nur richtig, wenn du meine Frau wirst.

Er nahm das Kopftuch von ihrem Haar und

faltete es zurück in den samtenen Beutel, zusammen mit dem Ja-Wort von Hrefna, dem schüchternen, das geklungen hatte wie eine Frage.

DIE ROLLEN SIND VERTEILT, der Kampf beginnt. Er läuft ab wie ähnliche Kämpfe, streift Klischees und Lächerlichkeit, kleinlich ist er zunächst und wächst sich immer böser aus. Beide Seiten haben viel zu verlieren, und je mehr die Personen, die darin verwickelt sind, das Gefühl haben, endlich antworten zu können auf die Beleidigung, die Mißachtung, die ihnen widerfuhr, umso deutlicher wird, von außen gesehen, wie das Geschehen unerbittlich und unwiderruflich auf die Katastrophe zusteuert.
Die erste Runde: das traditionelle Herbstgastmahl in Laugar, jährliches Treffen der Sippen von Osvif und Olaf, bisher laut und selbstverständlich begangen, jetzt angesetzt, um die Harmonie zu beschwören. Bolli mit Gudrun an seiner Seite, Kjartan mit Hrefnas Ja-Wort: waren die Verhältnisse nicht geklärt? Wer spräche da von Wolken, die sich zusammenzogen am Himmel? Kjartan und Bolli verband

seit Kindertagen eine so große Nähe, sie würde aufblühen zu einer Freundschaft zu viert, zu herzlicher Nachbarschaft, sobald das Nachgetragene abgetragen.
Falls auch Kjartan so dachte: wie wenig er Gudrun doch kannte. Prächtig gekleidet im Scharlachgewand, das König Olaf ihm geschenkt hatte, gegürtet mit dem kostbaren Schwert aus Norwegen, auf dem Kopf den vergoldeten Helm und den roten Schild an der Seite, in den das Zeichen des Kreuzes eingelassen war, so ritt er mit dreißig Mann auf Laugar ein. Eifrig empfangen wurde er und reichlich bewirtet; warum wies er aber des Hausherrn Geschenk zurück? Warum empfand er es als maßlos, übertrieben? Ein weißer Hengst war es, den Bolli ihm schenken wollte, samt drei Stuten. Roch das Geschenk nach Bezahlung? Roch es nach Bestechung? Kjartan erschien es als überaus beleidigend, er lehnte es ab – da fiel ein Schatten auf Bollis Glück. Was sträubte sich Kjartan vor seinen Gaben? Was besaß er noch von seinem Vertrauen? War der Ruhe zu trauen, in der sie voneinander schieden?

Der Winter verlief still; im Schnee wäre jeder Tritt aufgefallen.

Im Frühjahr warb Kjartan um Hrefna. Seine Schwester Thurid hatte ihn gedrängt, sie endlich zu heiraten, die Leute redeten schon: ob er immer noch Gudrun nachtrauere, oder ob ihm keine andere Frau gut genug sei.
Fünf Wochen vor Sommeranfang wurde die Hochzeit gefeiert. Acht Tage lang drängten sich die Gäste auf Hjardarholt. Gebratenes Fleisch und Fisch war auf den Tischen im Übermaß, für jeden Gast auch ein längshalbierter, garer Schafskopf, das weißgekochte Auge eine Delikatesse, dazu warmes Fladenbrot und Schüsseln voll Skyr, der kühlen Dickmilch. Bier und wohl auch Met in den Hörnern, oder hatte Kjartan aus Norwegen sogar Wein mitgebracht? Ein kleines Fäßchen sauren roten Weins, die Männer hätten ihn aus den verzierten Trinkhörnern geschlürft und sich gefühlt, als säßen sie an der Tafel von Nidaros. Da ließ sich auch der Hákarl verdauen, der stinkige Haifisch, der, monatelang in die Erde vergraben, angefangen hatte zu verwesen. Ob Bolli unter den Freunden saß an einem der Tische, die das Langfeuer flankierten? Die Saga verschweigt es. Wahrscheinlich fehlte er also, und sicher fehlte Gudrun: Sie hätte sich kaum so im Hintergrund gehalten, daß der Erzähler sie hätte übergehen können.

Kjartan überreichte Hrefna als Brautgabe das golddurchwirkte Tuch. Es habe Männer gegeben, die behauptet hätten, in das Tuch sei für acht Öre Gold eingewoben. Aber hätte Hrefna es dann so leicht getragen? Oder hob ihr das Gerede den Kopf: der Neid der Leute, die schworen, nie etwas gesehen zu haben, was so schön sei wie dieses Tuch?
Gudruns Tuch.

Beim nächsten Herbstgastmahl, diesmal auf Hjardarholt, saßen sie zu viert. Hrefna als Hausherrin auf dem erhöhten Platz und Gudrun, die bisher auch auf Hjardarholt als Erste gegolten hatte, neben ihr auf dem zweiten: Kjartan hatte es so befohlen, während die Frauen sich noch stritten, leise, verbissen. So lange er lebe, hatte er bestimmt, müsse Hrefna in seinem Haus die Geehrteste sein.
Gudrun saß schweigend, aß schweigend, unterhielt sich nicht mit Hrefna, die hilflos versuchte, ein Gespräch in Gang zu bringen. Sie schob Gudrun die Schüsseln hin, die Kanne mit Bier, hieß die Mägde ihr einschenken, nachlegen: wie stolz die Nachbarin war, wie überlegen sie sich gab! Nicht einmal die Berichte von der Hochzeit entlockten ihr ein Nicken, ein anerkennendes Wort.

Am zweiten Tag – die Einladung sollte, wie üblich, sieben Tage dauern – trat Gudrun morgens auf Hrefna zu: warum sie sich das wunderbare Kopftuch denn nicht umlege, von dem sie so viel Lobendes gehört habe? Ob sie sich den Gästen nicht in ihrem besten Aufzug zeigen wolle? Hrefna fühlte sich geschmeichelt, zögerte – da trat Kjartan dazwischen, was hatte er nur immer die Ohren überall: Sie werde das Kopftuch nicht tragen, sagte er heftig, es sei wichtiger, daß sie das kostbare Stück besitze, als daß alle möglichen Leute ihre Augenweide daran hätten!
Nicht einmal sehen sollte Gudrun also das Tuch, das ihr zugestanden hätte. Doch so einfach würde sie sich nicht abspeisen lassen! Und als sie am dritten Tag draußen mit Hrefna stand, niemand war in der Nähe, die Männer waren zur Schmiede hinübergegangen, Gudrun hörte ihre gewichtigen Stimmen, Geschäfte, vermutete sie, da bat sie Hrefna beiläufig, ob sie ihr das Kopftuch nicht wenigstens einmal zeigen wolle? Sie sei neugierig darauf, könne sich nicht vorstellen, wie prachtvoll es sein müsse, wenn alle es so priesen. Hrefna (wo war nur Kjartan? was sollte sie tun? aber wenn sie ihn fragte, verböte er ihr doch wieder, ihren Besitz stolz vorzuzeigen), Hrefna zog Gudrun mit

sich ins Vorratshaus, wo die kostbaren Dinge verwahrt wurden, sie schloß eine Truhe auf und holte den Samtbeutel heraus, aus dem Beutel zupfte sie das Tuch, staunte selbst bei seinem Anblick wieder über seine Schönheit, hielt es gefaltet einen Moment in der Hand; dann reichte sie es Gudrun.

Gudrun trat unter die offene Tür, drehte Hrefna den Rücken zu und schlug das Tuch auf. Es fiel schimmernd auseinander, und Gudrun hob es hoch, sah die goldenen Fadenmuster und das feine, schneeweiße, außerordentlich regelmäßige Linnen, sie hätte am liebsten ihren Kopf darunter verborgen, sich eingehüllt in diesen Schatz, daruntergestellt – welche Reinheit, königliche Pracht! Sie war ihr entzogen, was konnte Hrefna dafür, aber sie würde es büßen müssen, die Ordnung würde wiederhergestellt werden, Jugend! die zehn Jahre konnten kein Grund sein, sie auf den zweiten Platz zu setzen! Kjartan bildete sich wohl ein, ein glatteres Gesicht, schwärzere Haare ...

Wortlos gab Gudrun das Kopftuch zurück. Hrefna legte es auf den Knien wieder in die vorgepreßten Falten zusammen, behutsam, die eigene Großzügigkeit schon bedauernd, sie schob es auf der flachen Hand in den Samtbeutel, verschloß den Beutel, legte ihn in die Tru-

he zurück, die Truhe wurde auch abgeschlossen, der Schlüssel eingesteckt. Wortlos kehrten die Frauen ins Haus zurück, vergebens suchte Hrefna Gudruns Blick, wenigstens ein Dank hätte ihr zugestanden.
Die Bewirtung ging weiter. Alle schienen sich wohlzufühlen. Olaf und Osvif, die beiden Väter, die mit Sorge die Zwietracht der Jungen beobachtet hatten, glaubten schon, alles werde sich zum Guten wenden: die alte Freundschaft würde erwachen, Gras wachsen über die Schrunden, eine Brücke würde wieder sein zwischen Hjardarholt und Laugar, eine Brücke aus Hilfsbereitschaft und Achtung. Sie ließen die Hörner öfter nachfüllen, stimmten jetzt wieder leichter ein in die Reden, die hin und her liefen zwischen den Tischreihen, den Sippen. An dem Tage jedoch, als die Gäste aus Laugar abreisen wollten, zeigte sich, daß der Friede nur oberflächlich gewesen war: Kjartans Schwert war verschwunden. Er hatte es nur für einen Augenblick neben sein Bett gehängt, so lange er half, die Pferde der Gäste zu satteln – jetzt war es weg. Er ging sofort zu Olaf, seinem Vater, und teilte ihm den Verlust mit, und dieser meinte, das beste wäre wohl, den Wegreitenden einen unaufdringlichen Begleiter mitzugeben. An der Weiße wurde dazu bestimmt; er

sollte aufpassen, ob sie das Schwert bei sich hätten oder es irgendwo versteckten.

Nach dem Abschied ritten die Gäste landeinwärts heim, an Ljarskogar und an den Höfen ritten sie vorüber, die Skogar heißen, und dort am Walde machten sie Rast. An sah, wie Thorolf, Gudruns Bruder, und mit ihm ein paar Männer abseits ins Moorbuschwerk gingen, während die anderen saßen und ruhten, und als Thorolf zurückgekehrt war, ritten alle weiter. Nach einer kurzen Wegstrecke meinte An der Weiße, er wolle jetzt umkehren, weit genug habe er sie begleitet, worauf Thorolf erwiderte, es hätte auch nichts geschadet, wenn er gar nicht erst mitgekommen wäre.

An ritt den Weg zurück. In der Nacht war dünner Schnee gefallen, er hatte die Spuren deutlich vor sich. Er ritt bis zu der Stelle, an der sie gerastet hatten, und von dort aus verfolgte er Thorolfs Spur. Sie führte ihn zu einem kleinen Moor. Er stocherte im morastigen Boden herum, stellte sich auf Thorolfs Fußabdrücke dabei, und bekam tatsächlich einen Schwertgriff zu fassen. Schnell stieg er wieder auf sein Pferd und ritt zu Thorarin, der auf der Saelingstalszunge wohnte: er bat ihn mitzukommen, er brauche einen Zeugen.

Zusammen schafften es die beiden Männer,

das Schwert aus dem Morast zu ziehen: sie klammerten sich an den letzten Büschen fest, hielten einander, um nicht selber einzusinken. Es war Kjartans Königsschwert, auch wenn die Scheide fehlte. Die hatte der Sumpf behalten.

An brachte Kjartan das Schwert zurück. Kjartan wickelte es in ein Tuch und verschloß es, verschmutzt wie es war, in einer Truhe; jetzt wäre es ihm nur noch die Erinnerung wert. Wie sollte er Rache nehmen? Hatten die Leute aus Laugar ihn nicht zum Narren gemacht? Er solle die Geschichte auf sich beruhen lassen, beschwor ihn sein Vater: solle den anderen nicht noch mehr Anlaß geben, ihn zu reizen. Vielleicht war das Schwert der Preis, den eine neue Freundschaft kostete?

Olaf bat Kjartan auch, zum Wintertreffen nach Laugar mitzukommen. Er solle sich nicht zieren, solle versöhnlich erscheinen und großzügig, entspräche das nicht diesem neuen Glauben, den er in Norwegen angenommen habe? Gebiete er nicht Milde, Großmut und Freundlichkeit?

Kjartan gab nach wider Willen, und Thor im Himmel grinste dazu, verschluckte sich am Met, war es nicht deutlich zu sehen?

Schwer ist es, die alte Ehre abzulegen und

aufs Jenseits zu hoffen bei dem, was man tut. Kjartan brach nach Laugar auf, Hrefna und Thorgerd ritten hinter ihm, dahinter seine Männer, alle in ihren schönsten Gewändern. Kalter Stolz. Doch schon am zweiten Tag kam die nächste Demütigung: Hrefnas Tuch ließ sich nicht mehr finden, Ingibjörgs Geschenk, keine Frau würde es wagen, sich damit zu zeigen. Wieder versuchte Olaf zu schlichten, und Kjartan hielt drei Tage lang seinen Zorn im Zaum. Verbissen suchte Hrefna nach ihrem Tuch, nichts anderes beschäftigte sie mehr, und die Männer horchten herum und schauten in Truhen, hinter Fässer, in Brunnenlöcher, Heuhaufen. Das Tuch war nicht zu finden.
An dem Tag jedoch, als die Leute von Hjardarholt heimreiten sollten, nahm Kjartan vor allen das Wort: Dich, Vetter Bolli, fordere ich auf, von nun an ehrlicher an uns zu handeln. Und ich sage das nicht nur dir allein. Viele wissen, daß uns in letzter Zeit einiges abhanden gekommen ist und daß die Spuren auf deinen Hof weisen.
Ich bin nicht der Urheber dessen, was du uns vorwirfst, antwortet Bolli bleich.
Es haben aber Personen damit zu tun, für die du mit Bußen einstehen mußt, schneidet Kjartan ihm das Wort ab. Er meint Gudrun, allen

ist es klar, und da ist auch schon seine Drohung: er werde die Feindseligkeiten nicht länger friedlich hinnehmen.
Ganz still ist es in dem Raum, in dem dichtgedrängt die Leute stehen, die Gäste zur Abreise gekleidet, in voller Rüstung, dazwischen die aus Laugar. Jedes Lachen erstorben, obwohl noch nicht Zeit war, die Parteien zu trennen, Fronten aufzubauen.
Da steht Gudrun auf. Langsam hebt sie die Hand, den Arm, sticht in die Luft, als springe die Drohung dadurch entzwei. Den Blick auf Kjartan gerichtet, auf das blutige Scharlach seines Gewands, faucht sie: Was stocherst du in heißen Kohlen, die besser nicht wieder Feuer fangen sollten! Denn wenn es so wäre, wie du sagst: wenn hier Personen sein sollten, die etwas damit zu tun haben, daß Hrefnas Tuch verschwunden ist, so behaupte ich, daß sie nach etwas griffen, das ihnen gehört. Glaubt, was ihr wollt – der Arm senkt sich, zeigt geradewegs auf Kjartan –, mir gefällt es jedenfalls, daß sie sich nicht mehr damit herausputzen kann.
Wäre sie ein Mann gewesen, hätte sie ihren Kampf jetzt bekommen, vor ihrer eigenen Tür.
Frostig war der Abschied. Kjartan ritt mit sei-

nen Leuten heim nach Hjardarholt. Triumphierte Gudrun? Ist Schadenfreude Trost?

Die zweite Runde: Kjartans Vergeltung. Was sollte er sich an christliche Gebote halten, wenn sein Vetter Bolli, der doch ebenfalls getauft war, sie mißachtete? Mit ungleichen Waffen zu kämpfen war nicht gerecht, er wäre im Nachteil, verlöre die Achtung seiner Leute. Hatte nicht sogar Hrefna ihn spöttisch betrachtet? Verbarg er seine widerwillige Bewunderung selbst vor ihr zu schlecht? Er mußte etwas tun, was seinen Ruf festigte: den Rang des Ersten im Bezirk, den man nicht ungestraft verhöhnte.
Nach dem Weihnachtsfest stellte Kjartan sich eine Mannschaft zusammen, lud Zelte und Lebensmittel auf Lasttiere. Seinem Vater sagte er nichts von seiner Absicht, und Olaf fragte auch nicht danach – er ahnte, daß es nach Laugar ging, besser, er wußte es nicht zu genau.
Kjartan ritt mit sechzig Männern tatsächlich nach Laugar. Vor Bollis Hof stiegen sie ab, schlugen ihre Zelte auf, und dann ließ Kjartan die Türen des Hauses besetzen und verwehrte jedem den Ausgang, der sich darin befand. Drei Tage Hausarrest – das Schlimmste daran war, daß den Leuten, die sich im Langhaus

aufhielten, der Zugang zum Abort verwehrt war, der draußen in einiger Entfernung von den Hauptgebäuden lag. Drei Tage, drei Nächte lang mußten sie ihre Notdurft drinnen verrichten, eingesperrt, während die Leute aus Hjardarholt draußen herumgingen, aßen, Spiele machten, johlten. Schmachvoller, als wenn Kjartan ihnen einen oder zwei Mann erschlagen hätte; besonders Gudruns Brüder waren wütend, sie fuchtelten mit ihren Waffen um die Leute herum, die doch ihre eigenen waren. Bolli versuchte, sie zu beruhigen. Er spielte den Vorfall herunter, obwohl ihm die Angst in der Kehle hockte und der Gestank im Haus auf den Magen schlug. Gudrun dagegen habe kaum gesprochen in jenen Tagen, doch habe man ihr angesehen, daß ihr die Demütigung wohl am nächsten ging.

Als Kjartan von seinem Rachezug nach Hause zurückkehrte und erzählte von seiner Tat, stritten sich Thurid und Olaf über deren Verhältnismäßigkeit, Hrefna aber hatte andere Sorgen. Hast du mit jemandem gesprochen in Laugar, Kjartan? fragte sie.

Es gab nichts Wichtiges zu besprechen, antwortete Kjartan: nur mit Bolli habe er ein paar Worte gewechselt.

Aber Hrefna ließ nicht locker. Es sei ihr be-

richtet worden, daß Kjartan mit Gudrun gesprochen habe, und Gudrun habe dabei das Kopftuch getragen: Mein goldenes Tuch, und es stand ihr sehr gut.
Da schrie Kjartan sie an, daß nichts von dem wahr sei, und, noch lauter: daß Gudrun sich gar nicht das Tuch umzubinden brauche, um schöner zu sein als andere Frauen.
Der Beweis, dachte Hrefna, jetzt habe ich den Beweis! Dabei trage ich doch sein Kind. Zwar geht auch das Gerücht, Gudrun habe das Tuch verbrannt, es eines Nachts ins Feuer geschoben, um es aus der Welt zu schaffen, aber ein Gerücht gibt mir meine Ruhe nicht wieder. Das Tuch – habe ich nicht von Anfang an befürchtet, es passe nicht zu mir, sei mir nicht zugedacht, sei nur geliehen, zum Vorzeigen gedacht, um Kjartans Ruhm zu mehren ... Wenn es verbrannt wäre, verlöre ich fast nichts, da ich doch vom ersten Tag an seine Liebe entbehrt habe. Warum muß es denn die Schönste sein für ihn, die Reichste? Die Stolzeste, Härteste?
Sie schwieg. Seine Hände hätten jetzt helfen müssen, aber Kjartan hatte Hrefna schon vergessen. Sein Kopf, sein aufgebrachtes Herz dachten nur an Gudrun, an Bolli, an eine Rache, die sie treffen würde. Demütigen.

Er mußte nicht lange suchen. Bolli hatte erfahren, daß Thorarin auf Tunga, der Bauer, der ihm im Westen am nächsten wohnte, ein Stück Land verkaufen wollte. Zusammen mit Gudrun war er zu ihm geritten, hatte das Land besichtigt und einen Preis ausgehandelt. Thorarin hatte in den Handel eingeschlagen, doch waren zu wenig Zeugen zur Stelle gewesen, um ihn rechtskräftig zu besiegeln. Da machte Kjartan sich auf, um Thorarin, der wegen alter Geschichten von Olaf, seinem Vater, abhängig war, vom Verkauf an Bolli abzubringen. Ihm stünde dieses Land viel eher zu, behauptete er, und Thorarin habe nur die Wahl einzuwilligen. Sonst wüßte Kjartan Wege, den Kauf zu verhindern.

Kjartan war mächtiger als Bolli, das wußte Thorarin. Wer wählt da nicht die stärkere Partei.

Und wer versteht das nicht als Demütigung. Die Ehre zerschlagen: nur Feiglinge ließen das auf sich sitzen. Und wenn Bolli einer wäre – Gudrun war es nicht. Handeln, um sich schlagen aus verletztem Stolz, zertretener Lust.

Die nächste Runde, als endgültiger Sieg geplant.

Kjartan ritt am dritten Ostertage mit An dem

Schwarzen ins Westland. Er wollte alte Forderungen eintreiben, war er nicht lange genug nachsichtig gewesen und dumm.
In der Nacht vor der Heimreise aber hatte An einen schrecklichen Traum. Er schrie und schlug um sich, man weckte ihn auf und fragte, was ihm erschienen sei. Eine Frau kam zu mir heute nacht, erzählte An und zitterte beim Sprechen: Mit einem Messer in der einen Hand und einem Trog in der anderen. Sie zog mich über die Bettkante, setzte mir das Messer auf die Brust, schnitt und riß mir den Leib auf, nahm alles Lebendige heraus, Fleisch und Blut, und stopfte Reisig in die Höhle. Es stach und drückte, eine riesige Wunde ... Die Männer, die ihn geweckt hatten, griffen An an den Bauch und spotteten: Vielleicht ist das Holz ja noch drin? Dann bist du ein wandernder Feuervorrat, und sie lachten, husteten, lachten.
Ob Kjartan nicht seine Abreise verschieben wolle, fragte da die Hausfrau. Der Traum sei ein böses Zeichen, eine Warnung, nicht lächerlich; doch Kjartan weigerte sich, einem Traum solche Bedeutung zuzugestehen. Wo käme er hin, wenn er sich von Träumen leiten ließe, eingebildete Gefahren bedächte. Er würde die Heimreise antreten wie vorgesehen, sagte er: Gott halte die Hand über ihn.

Am selben Morgen Gudruns ungehaltene Rede. Ihre Brüder holte sie aus den Betten mit Beschimpfungen und zorniger Verachtung: Männer seien wie trächtige Kühe, schrie sie: faul und träge, ohne Gedächtnis und ohne Stolz, wie sonst könnten sie den Tag im Bett verbringen, statt an Rache zu denken? Heute werde Kjartan mit nur wenigen Begleitern am Hof vorbeireiten, fast allein! Eine Rechnung könnte beglichen werden, schnell und endgültig, wenn sie sich nur aufraffen würden, Männer zu sein –

Auch Bolli griff sie an, nannte ihn feige und stumpf. Aber Bolli schüttelte hilflos den Kopf, er wollte nichts hören. Er sprach von seiner Verwandtschaft zu Kjartan, der Freundschaft, die sie verbunden hatte, der Anhänglichkeit, die sich nicht aus dem Leib reißen lasse. Doch Gudrun war nicht aufzuhalten. All das Hoffen, Warten, Dulden ein gieriger Fluß jetzt, die Schläge ins Herz versteinerte Klippen, über die die Wut donnernd herabstürzte, Ufer verschlang und Felsen zu Kieseln zerrieb. Zu schwach die Dämme der Vernunft. Wenn er nicht täte, was sie von ihm forderte, dann kündigte sie ihm noch heute die Ehe auf: die letzte Waffe, die ihr blieb. Die einzige, die ihn traf.

Bolli lauerte mit neun Mann Kjartan auf; es war bei der Schlucht, die Hafragil heißt, sie hörten Kjartan kommen, bei ihm war nur An der Schwarze und Thorarin. Ein Hirtenjunge sah von einer Anhöhe die beiden Parteien aufeinander zureiten, er wollte Kjartan warnen, doch sein Vater hielt ihn unwillig fest: Was willst du Narr jemandem das Leben retten, wenn ihm der Tod bestimmt ist, fragte er barsch. – Und geradeheraus gesagt: Ich gönne es dem einen wie dem anderen. Besser, wir setzen uns an eine Stelle, wo wir alles überblicken. Dann sind wir außer Gefahr und haben unseren Spaß an dem Kampf.
Auch das gehört zum Spiel, und das Spiel ist zeitlos, es löst sich von den steinigen Hängen, dem schmalen zertretenen Pfad, auf dem die Spuren als feuchte Monde zurückbleiben. Noch trägt der Wind erst das Trommeln der zwölf Hufe weiter, aber der Tod öffnet schon den Mantel.
Spät hat Kjartan den Hinterhalt entdeckt, zu spät. Mit Schwertern, Äxten, Speeren rennen Bollis Männer gegen ihn an, mit Flüchen und Schreien hetzen sie sich gegenseitig auf. Kjartan schlägt um sich, Arme wie Peitschen, Hiebe wie Blitze, drei von Gudruns Brüdern bluten schon, und noch immer steht Bolli abseits,

zögert, das Schwert Fußbeißer an seiner Seite. An wird getroffen, sein Leib ist aufgeschlitzt, stoßweise quillt Blut heraus und weißliches Gedärm, und Gudlaug fällt, Bollis Gefährte, von den Beinen gehauen wie eine welke Staude. Was stehst du da und gaffst, schreit Kjartan zu Bolli hinüber: Steh mir bei oder deinen Freunden, wenn du kein Feigling bist! Doch Bolli tut, als höre er nicht. Erst als auch Gudruns Brüder ihn beschimpfen, ihm Vergeltung androhen, käme er ihnen nicht zu Hilfe: erst da packt er sein Schwert, hebt er die Axt.
Blut auf Steinen, im Gras, Keuchen und Wimmern und Pferdegeschrei. Zerschnittenes Leder, zerteiltes Fleisch, die Wände der Schlucht schwärzen sich im Regen, der aus den Wolken stürzt und Wunden wäscht, die nie mehr heilen. Zehn Schritte sind es nur, die Bolli geht, aber er geht, als habe er Eisen in den Schuhen – ist es der Christengott, der Kjartan da das Schwert aus der Hand nimmt, der ihn sagen läßt: Ich sehe, was du vorhast, Vetter, und es ist mir lieber, von deiner Hand zu sterben, als dir den Tod zu geben? Oder ist er erschöpft, plötzlich mutlos?
Er wirft seine Waffen weg, und noch ehe sie zwischen den Steinblöcken zur Ruhe kommen, sticht Bolli ihm das Schwert in die Brust, wort-

los, tief, zieht es wieder heraus in einer roten Fontäne. Kjartan knickt ein, die Hände bleiben schweben, als wehrten sie sich zu spät, dann fällt er vornüber, und Bolli fängt ihn auf, noch starren Kjartans Augen, auf dem Weg nach Walhall ist er jetzt, blutend wie ein Lamm im Herbst, wenn das Schlachten eine Freude ist. Naß und schwer der Körper auf Bollis Oberschenkeln dann, matt ist die Reue, die Bolli überkommt, oder ist es nur Scham.
Regen, mitleidlos.
Die toten Leiber in wachsenden Pfützen, rot gefärbt vom Blut. Weggeworfene Waffen glänzend im Kraut. Pferde mit hängenden Köpfen.

Kjartans Leiche wurde zum nächsten Hof gebracht, auf seinem Pferd festgebunden wie eine gewickelte Decke; keine Schande mehr, keine Schmach. Bolli ritt hinterher, durchnäßt und verstört. Kjartans Glanz, wie hatte er ihn vergessen können, was hatte ihn dazu gebracht, sich über ihn zu stellen, ihn zu hintergehen, das Vorbild, den Freund, den Halbbruder. Wer hatte ihm die Hand geführt, den Sinn verdreht, warum hatte er Gudrun soviel Gewalt gegeben über sein Leben, was ließ er sich treiben von ihrem Ehrgeiz, ihrer furchtbaren Kälte ...

Als er gegen Abend nach Laugar zurückkehrte, erwartete Gudrun ihn schon. Die Kunde hatte sie längst erreicht, ihr Herz sich darüber geschlossen.

Groß ist unser Tagewerk heute gewesen, Bolli! begrüßte sie ihn, kalte Kiesel hatte sie unter den Wimpern und tat, als wäre der Tag wie alle anderen: Ich habe für zwölf Ellen Garn gesponnen, und du hast Kjartan erschlagen.

Dieses Unglück bliebe mir auch ohne deine Worte in Erinnerung, antwortete Bolli kleinlaut.

Ich nenne es kein Unglück, erwiderte Gudrun ruhig, wieviele Gürtel hatte sie nur, sich zusammenzuhalten. Stand nicht dein Ansehen in jenem Winter am höchsten, als Kjartan noch in Norwegen war? Und sank es nicht immer tiefer, je mehr er dich unter seinen Füßen zertrat? Aber das Beste am heutigen Tag ist doch, lachte sie auf, daß Hrefna nicht glücklich zu Bett gehen wird.

Warum sollte sie mehr trauern als du! schrie Bolli, zornig wie ein bestraftes Kind. Wäre es dir am Ende nicht lieber gewesen, ich wäre liegengeblieben bei Hafragil, und Kjartan hätte dir die Kunde gebracht!

Nimm es nicht so schwer, fuhr sie ihm über den Mund: Ich weiß dir ja Dank für die Tat.

Mir hast du heute gezeigt, daß du nicht gegen meinen Sinn handeln willst.
Doch als sie allein war, lachte sie, lang und hemmungslos, und sie riß den Mund auf dabei, führe der Teufel herein und hinaus, wer hätte es hören können, und wer hätte die Lücke gesehen hinten im Mund, wo ihr der erste Zahn schon fehlte. Der Ausbruch war gelungen. Rotes Sprühfeuer jubelnd in die Nacht, und brennendheiße Lava fährt über das erstorbene Glück, erstickend, rasch versteinernd, krustig, betretbar, kirchhofstill.

Aber noch ist kein Ende des Unheils. Auf Mord folgt Blutrache, daran ändert auch der neue Glaube nichts. Vogelfrei sind Gudruns Brüder jetzt, obwohl Olaf Pfau niemanden auf sie hetzt, keine Rache bringt ihm den Sohn zurück. Auch Bolli soll leben, ist er ihm nicht wie ein Sohn? Aufgezogen hat er ihn, als hätte Thorgerd auch ihn geboren.
Thorgerd jedoch, seiner Frau, genügte es nicht, Gudruns Brüder außer Landes zu wissen: geflohen, in Island geächtet. So lange Olaf lebte, schwieg sie und wob die schwarzen Hoffnungen nur nachts, wenn er schlief. Bollis Leben nahm ihr die Ruhe, aus der Welt mußte er, der Kuckucksbalg, der ihr den Ältesten erschlagen

hatte, auch wenn er sich jetzt aufspielte und viele Männer um sich zu scharen wußte mit Geschenken, sich brüstete in seinem erkauften Frieden, mit Gudrun an seiner Seite, der Herrschsüchtigen, und Thorleik, dem Sohn.
Es wird erzählt, daß Olaf noch drei Winter lebte nach Kjartans Tod. Er starb in seinem Bett. Sein Erbe wurde verteilt, seine Söhne übernahmen Hjardarholt. Endlich war für Thorgerd die Stunde gekommen, die Kjartan rächen sollte.
Wortreich drang sie auf ihre Söhne ein, bitter und ungeduldig: Was duldeten sie, daß der Mörder ihres Bruders weiterlebte? Weibisch nannte sie diese Feigheit, jede Gelegenheit nutzte sie, zu sticheln und zu hetzen. Und als endlich beschlossen wurde, Bolli auf seiner Sommeralp zu überfallen, ließ sie sich nicht abschütteln. Sie werde mitkommen, sagte sie: Denn ich kenne euch, meine Söhne, und weiß, daß ihr ein wenig Scharfmacherei nötig habt.
In der Alphütte waren nur Bolli und Gudrun; der Hütejunge war bei den Schafen. Sie hörten die Angreifer kommen. Bolli bat Gudrun wegzugehen, gleich würde etwas geschehen, an dem sie kein Vergnügen fände. Gudrun erwiderte, sie glaube nicht, daß es etwas gäbe, was sie sich nicht mitansehen könne, aber Bolli

blieb bei seiner Forderung, unerwartet entschlossen. Da ging Gudrun hinunter an den Bach und begann, ihr Leinenzeug zu waschen. Bolli aber griff nach seinen Waffen und erwartete den Tod.
Den ersten Angreifer streckte er mit einem einzigen Streich nieder: er spaltete ihm den Kopf, das Schwert fuhr tief bis zwischen die Schulter. Auch den zweiten traf er, der in die Hütte trat: er hieb ihm auf die Schulter und öffnete längs seinen Leib. Der dritte aber drang mit dem Speer durch die Tür, durchbohrte Bollis Schild und Bolli, als wäre er aus Stroh, und ein vierter hieb ihm den Kopf ab. Gudrun würde jetzt rote Haare zu kämmen haben, johlten die Männer, ließen den Leichnam liegen und machten sich davon. Zuhinterst ritt Thorgerd, und ihr war, als leuchte der Sommertag heller. Hungrig war sie jetzt, der Stockfisch schmeckte nach Belohnung.

Das Spiel ist vorerst aus. Die, die es einmal weiterführen müssen, sind noch zu klein: Thorleik, Bollis Erstgeborener, ist vier, und der zweite Sohn, Bolli wird er heißen wie sein Vater, ist noch in Gudruns Leib.

GUDRUN ENTSCHULDIGEN? Sie verstehen?
Die Vierunddreißigjährige, wie sie mit Snorri, dem Goden, den Wohnsitz tauscht: sie hielt es nicht mehr länger aus, Feld an Feld mit denen aus Hjardarholt zu wohnen. Nach Helgafell zieht sie, zum heiligen Berg, der wie ein umgestülpter Suppenteller in der Ebene liegt, glatt und regelmäßig. Dieser Ort kommt ihr jetzt zu, und Snorri fährt nicht schlecht bei dem Handel.
Ist sie zur Ruhe gekommen? Ist Rache süß? Drei Ehen, drei Söhne, die halbe Lebenszeit gelebt. Immer noch eine reizvolle Frau, das strenge Gesicht straff, es würde nicht bald altern; in den Augen etwas Spöttisches, und ein Feuer, ein hungriges, das sich nur selten zeigt. Groß ist sie, zäh. Heftig ihre Bewegungen: viel zu viel Kraftaufwand für die gewöhnlichen Verrichtungen (wie sie den Brotteig knetet! Blasen wirft er, winseln möchte er). Wortkarg

ist sie, Ironie hockt in den Reden, abschätziger Glanz. Die Härte einer Frau, die begriffen hat, daß sie sich auf nichts als auf sich selber verlassen kann und daß ihr das doch nicht hilft, weil ihr Entscheidungen, weil ihr Taten nicht zustehen, die über den Hofplatz hinausgehen.
Sie verachtet Menschen, die alles mit sich machen lassen. Die nur darauf sehen, was von ihnen erwartet wird. Oder was ihnen am meisten einbringt. Die traumwandlerisch einen Weg gehen, der keine Richtung zu haben braucht und kein Ziel, und die doch nie neben die Wegmarken geraten. Oder jene, die immer einen Fuß am Zaun behalten, die Vorsichtigen, die sich für nichts entscheiden können. Die mit drei Gesichtern ständig um sich schauen, ängstlich und gierig nach Sicherheiten, die ihnen ihr eigener Kopf nie zugesteht. Die zaghaft glauben und dankbar hoffen, daß Farblosigkeit immer das Richtige ist. Immer gebraucht werden kann.
So wird sie nie sein. Ihren eigenen Willen will sie, ohne Abstrich, und sie will ihn auch schnell durchsetzen. Ist Geduld nicht das Laster der Unsicheren? Abwarten kann sie nicht, Ordnungen reizen sie, als stelle man ihr willkürlich Hürden in den Weg.

Ein Leben ganz und gar – Kraft und Macht und Freiheit ...
Wenn sie sieht, wer sich das nehmen kann: Kleine und Größere und Ganzkleine, und nur, weil sie Hosen anhaben. Der Schmerz, die anderen, die Männer, handeln zu sehen und genau zu wissen, daß sie es besser könnte: das Kämpfen, Entscheiden, Regieren.
Zuschauen müssen, zuhören. Echo sein. Bestenfalls den Anstoß liefern, unterstützen. Beratend in der Tür zurückbleiben, im Bett trösten. Immer nur das. Der Ausschluß endgültig, schuldlos, unannehmbar: das ist die Wurzel des Hungers, die Wurzel der Wut. Des Neides auch, ja, Neid, schwarzer Fraß. Aber wenn er die einzige Möglichkeit ist, den eigenen Anspruch auszuleben?
Wenn Kjartan nicht gewesen wäre. Wenn ihr Herz nicht so voll gewesen wäre. Wenn er sie mitgenommen hätte auf Fahrt, wenn er wenigstens die Frist eingehalten hätte. Wenn sie selbst doch nicht so dumm gehofft hätte, er halte sich daran. Wenn Bolli nicht allein zurückgekommen wäre. Wenn sie ihn doch abgewiesen hätte! Ihm nicht geglaubt hätte, was er von Kjartan schwatzte! Das «Wenn» gilt nicht, das Schicksal hat es so gewollt. Gaefa, ógaefa – das gute, das böse Schicksal.

Der dritte Traum, erinnerst du dich? Der Traum vom goldenen Reif, den du trugst, bis du stürztest, und er zerbrach – er hatte längst Risse, erinnerst du dich? Du zerbrachst ihn nicht willentlich: spricht dich das nicht frei? Du warst Werkzeug, damit sich Kjartans und Bollis Schicksal erfüllen konnte. Das Schicksal wendet sich an die Männer, braucht – wie das Leben – die Frauen nur als Gehilfinnen.
Aber nein. Wahrscheinlich ist das das letzte, was du wolltest: niemand soll dir die klare Absicht, die Tat absprechen. Handeln wolltest du, so aussichtslos es auch war: Kjartan würdest du niemals bekommen, und für dich selber einstehen würdest du auch nicht können. Das einzige: dir Achtung erzwingen. Gefürchtet werden. Unerbittlich in dem engen Geviert, das dir offen war. Die Empörung nicht mehr bremsen, nichts mehr rechtfertigen, dem Zorn die Zügel schießen lassen.
Den Weg ganz zu Ende gehen. Den Haß hüten und ihn wachsen lassen, bis die Zeit kommt, Bollis Tod zu rächen. Es war ihre Pflicht. Verschwinden sollten sie, die gegen ihn die Hand erhoben hatten. Wenn Männer sich solche Regeln schufen, sollte das Leid darin sie nicht verschonen.
Zwölf Jahre warten. Thorleik und Bolli Bolla-

son wuchsen heran. Dem Thorgils, dem mächtigen Sohn der Halla, gab sie einen Sohn zur Unterweisung. Als Thorgils anfing, um sie zu werben, hielt sie ihn hin. Ihn hatte sie nur dazu ausersehen, den Rachezug gegen die Leute auf Hjardarholt anzuführen. Doch Thorgils weigerte sich, ihr zu helfen, wenn sie ihm nicht die Heirat verspräche. Da schwor Gudrun ihm, wie Snorri ihr geraten hatte: daß sie keinen anderen Mann im Lande nehmen werde – und im Ausland zu heiraten, habe sie auch nicht vor. Das müsse ihm genügen, es sei das Äußerste, was sie versprechen könne. Thorgils gab sich mit dem Schwur zufrieden; er war eher wegen seiner Fäuste berühmt als wegen seiner Klugheit.

Und Gudrun legte Bollis blutbefleckte Kleider im steinigen Garten aus, rief die Söhne zu sich und zeigte sie ihnen. Die Knaben erschraken. Sie wußten, was die Mutter ihnen auftrug. Keine Kinder waren sie länger, als Männer mußten sie die Fehde weiterführen. Sie dachten sich aus, die Feinde an ihrer schwächsten Stelle zu treffen. Nicht gegen die Kjartanbrüder wollten sie ziehen, wer käme denen schon bei – sondern Helgi sollte umgebracht werden, der dem Vater damals die tödliche Wunde beigebracht hatte.

Der Zug gelang, Thorgils führte ihn an, und als er strotzend vor Selbstlob zurückkehrte, erzählte er Gudrun davon in einer Strophe. Schöne Verse hat er gemacht, acht Halbzeilen, ein umständliches, regelgetreues Runhent, allzu dumm kann er also nicht gewesen sein. Als er aber bei Gudrun auf die Erfüllung ihres Versprechens drängte, merkte er doch, daß sein Verstand ihr nicht gewachsen war. Sie ließ ihn ihren Schwur wiederholen, er sagte ihn Wort für Wort her, und Gudrun antwortete ihm darauf, sie würde nicht wortbrüchig werden, wenn sie ihn nicht heirate. Sie wolle Thorkel, den Sohn des Eyjolf, zu ihrem vierten Mann nehmen: und der befinde sich gerade außer Landes, auf Fahrt.

Was half Thorgils Wut? Tote sind nicht wiederzuerwecken.

Ein Jahr später, Thorkel war nach Island zurückgekehrt, warb Snorri für Gudrun bei ihm: er werde sich doch nicht die ansehnlichste Heirat entgehen lassen, jetzt, wo die Rachepflicht an Bolli erfüllt sei? Das wollte Thorkel tatsächlich nicht, umso mehr als Gudrun auch bereit war, das Fest auf Helgafell selber auszurichten, und niemanden forderte sie auf, sich an den Kosten zu beteiligen. Sechzig Gäste brachte Thorkel, hundert brachte Gudrun zusammen, es wurde ein Fest, das weitherum gerühmt wurde.

Siebenundvierzig Jahre alt ist sie, Thorkel dreizehn Jahre jünger. Was hat sie zu dieser Ehe getrieben? Ein Bedürfnis nach Schutz wohl nicht; Ehrgeiz? Die Sehnsucht nach der Zärtlichkeit eines viel jüngeren Mannes? Oder nur das Bedürfnis, der eigenen Größe wieder einen Namen zu geben, ein Etikett, das geachtet werden muß? Denn daß sie Thorkel überlegen war, so einflußreich und mächtig er sich auch vorkam, zeigte sich schon an der Hochzeit.
Gudrun hatte Gunnar bei sich aufgenommen, den geächteten Mörder Thidrandis, und als Thorkel ihn mit seinen Männern aufspürte und stellen wollte, ging Gudrun dazwischen. Von der Brautbank aus rief sie ihre Leute Gunnar zu Hilfe und befahl ihnen, keinen zu schonen, der ihrem Schützling ans Leben wollte. Snorri, der Vermittlungsschmied, hielt Thorkel zurück und wies entschuldigend auf Gudrun und ihre große Schar. Herrenweib, sagte er leise. Thorkel täte gut daran, ihrem Willen zu folgen: Denn niemals bekommst du wieder so eine Frau, wie Gudrun es ist, wenn du sie nicht zu halten weißt.
Thorkel fügte sich. Das Muster für die Ehe ist

gelegt. Gunnar wurde zwar an einem anderen Ort versteckt, doch im Frühjahr drauf ließ Gudrun ihm durch Thorkel ein Schiff ausrichten, damit er nach Norwegen entkommen konnte.
War Gudrun glücklich? Im Traum hatte der goldene Helm sie gedrückt, ihr Nacken wurde krumm von seinem Gewicht. Die Saga spricht von der Zuneigung, die zwischen ihr und Thorkel entstand, und sie nennt den gemeinsamen Sohn Gellir ein vielversprechendes Kind. Thord Kat, der Erstgeborene, hat Gudrun längst zur Großmutter gemacht, Thorleik und Bolli sind erwachsen, gehen auf Fahrt und holen sich erste Ehren, freien um hochgestellte Frauen. Gudrun könnte glücklich sein, es wird sogar Frieden geschlossen zwischen ihren Söhnen und denen auf Hjardarholt, wieder hat Snorri, der Listige, seine Hand im Spiel. Was drückt sie noch? Ist es die Einsicht, daß nichts im Leben, kein Mann, kein Sohn, keine Intrige, ihr das zu geben vermag, was sie sucht? Thorkel segelt nach Norwegen, holt eine ganze Ladung Bauholz und baut eine Kirche auf Helgafell. Er läßt ein neues Schlafhaus aufrichten, organisiert die Landwirtschaft um, verteilt Geschenke, die seinen Einfluß festigen – Gudrun sitzt zu Hause. Sie spinnt und webt,

näht Kleider, die sie größer, jünger erscheinen lassen, und spürt doch, wie der Rücken müde wird und sich beugt.

Die Schatten wachsen. Unfruchtbar jetzt der Bauch, selbst Gellir, ihr Kleiner, übt sich schon in den Waffen, hat Flaum auf den Wangen. Unruhe, die sich am ehesten in der kleinen Kirche vertreiben läßt, im schläfrig kalten Raum, in den ihr niemand folgt. Als kehre sie ein bei den Alten, fühlt sie sich da; ein Ort, wo Mißtrauen nicht Vorsicht sein muß.
Am Gründonnerstag war es in dem Jahr, als Gellir vierzehn wurde. Thorkel war im Boot mit seinen Leuten unterwegs zum Lachswassertal. Gudrun erwartete ihn nicht zurück, zu heftig hatte der Sturm getobt den ganzen Tag, hatte heulend an den Wänden gerüttelt. Jetzt, gegen Abend, wurde es ruhiger, die Büsche richteten sich wieder auf, warfen die Nässe von sich, den Schrecken.
Als alle schliefen im Haus, warf Gudrun sich den Mantel um und ging hinüber in die Kirche, um auszuruhen. Fast sah sie den Wiedergänger nicht, der am Tor zum Kirchhof auf sie lauerte. Große Neuigkeiten, Gudrun, raunte er, doch sie stieß ihn weg und mochte nicht hören. Neben der Kirchentür sah sie auf einmal

auch Thorkel stehen, er stand inmitten der Männer, die ihn begleitet hatten, und das Meerwasser troff ihnen aus den Kleidern. Stumm schaute er Gudrun an, sie aber zog sich die Kapuze vom Kopf und trat in die Kirche: später würden sie sich unterhalten, erst brauchte sie Zeit für sich. Die Kirchentür fiel hinter ihr ins Schloß; der dunkle Raum nahm sie auf wie eine Höhle unter dem Wasser. Stille kam über sie.

Als sie nach einer Weile zurückging ins Haus, war da keiner: Thorkel nicht und keiner seiner Männer. Da ahnte sie, was geschehen war.

Thorkel war im Hvammsfjord ertrunken, dort, wo vor vierzig Jahren auch Thord ertrunken war. Gudrun habe den Verlust mit Seelenstärke getragen, heißt es in der Saga. Nicht erzählt wird, wie sie in jener Nacht ihr Haar abschnitt, das lebenslang glänzend gekämmte: Strähne um Strähne sich um die linke Hand wickelte und mit dem Messer durchschnitt, dicht an den Knöcheln vorbei, als schere sie ein Schaf. Breiter ihre Schultern auf einmal neben dem nackten Hals, ein eckiges Gerüst, und um den Kopf etwas Vogelartiges, struppiges Gefieder. Kein Wort davon, nur daß sie im Alter sehr fromm geworden sei, die erste Frau auf Island, die den Psalter lernte,

und nachts habe sie häufig in der Kirche gelegen im Gebet. Was bedeutet das hinter den Wörtern?
Hat Gudrun sich einzuschließen begonnen im neuen Glauben? Was kann sie fasziniert haben an der christlichen Lehre, was konnte die Bibel ihr geben? Ihre breiten Hände, wie konnten sie sich falten, stillhalten? War es die entrückte Größe des unbekannten Gottes, die Gudrun als etwas Tröstliches empfand? Das Gefühl vielleicht, daß das, wonach sie im Leben gestrebt hatte, nur in jener Ewigkeit zu finden sei, von der die Christen sprachen? Oder floh sie jetzt doch die Gegenwart, die sie nie wirklich zu ihren Gunsten hatte verändern können?

Alt werden in einer Welt, die nichts achtet als körperliche Kraft und Unversehrtheit. Ausgesetzt einer feindlichen Natur, der man alles abringen muß: das wenige Getreide, das zähe Gemüse, Milch und Fleisch und Fisch, trockene Wäsche und einigermaßen dichte Wände. Wind und stürzende Wasser, heiße Lava und blankes Eis, die den Menschen einschüchtern, bedrohen, ihn nie zur Ruhe kommen lassen. Größe ist da – vielleicht hat Gudrun das im Alter zu ahnen begonnen – dem Menschen niemals möglich. Er behauptet sich höchstens,

so lange er kräftig ist, jung und nicht allein. Ein Verlierer ist letztlich aber jeder.
Was ist es, das mich zu Gudrun hinzieht? Es ist erstaunlich viel von ihr überliefert, kaum einer anderen Frau räumt eine Saga so breiten Raum ein. Die Lücken fülle ich mit Interpretationen, mit Teilen anderer Geschichten, die ich kenne, mit Bildern anderer Frauen. Auch mit eigenen Wünschen, der eigenen Geschichte.
Ich versuche, Gudruns Schicksal zu erkennen als Teil jener Welt, der sie entstammte, bestimmt durch Regeln, Normen, Hierarchien, und meine Welt dagegenzusetzen. Sie darüberzustülpen und das hindurchscheinen zu lassen, was hell genug ist. Was mich dabei beschäftigt, merke ich, sind nicht die Ereignisse, die historischen Fakten. Es ist: die Macht. Männermacht, Frauenmacht; verhinderte und aufgezwungene Macht, angemaßte und vereitelte; Demut und Übermut, Unterwerfung und Ehrgeiz. Die Frage nach den Wurzeln des Willens zur Macht, und die nach ihrem Preis.
Gudrun als Beispiel. Kjartan und Bolli, Olaf und Snorri als männliche Gegenpositionen. Das Ergebnis gespiegelt in den Geschichten von Hrefna, Thorgerd und Aud, Thordis, Melkorka und jener der alten Unn, die am Anfang der Sippe stand.

ÜBER DIE STELLUNG der isländischen Frauen ist zu berichten, über den Platz, der ihnen zukam, und über die Grenzen, die ihnen gesetzt waren. Nicht nur die Sagas, die alten Chroniken erzählen davon; es gibt auch Gesetzestexte, die erhalten sind. Eines ist unbestritten: mit der Christianisierung Islands muß sich vor allem für die Frauen vieles verändert haben. Die Regeln wurden strenger, die Freiheiten kleiner.

In heidnischer Zeit galten die Frauen als straffrei, und ihre Ehre war unverletzlich. Vor dem Gesetz und gegenüber Dritten stand der Mann, der Hausherr, für alles ein, was sie taten. Das Recht auf Schutz wurde durch die Pflicht zur Unterordnung aufgewogen, die Frauen und unmündigen Kindern auferlegt war.

Bis zur Eheschließung schuldeten die Töchter dem Vater Gehorsam. Er war es auch, der den Freier auswählte und mit ihm den Vertrag aushandelte – in den Sagas wird die Frau zwar oft nach ihrer Meinung gefragt, aber diese Meinung zählte nicht viel. Eine Scheidung hingegen konnte auch die Frau herbeiführen; es brauchte dazu nichts weiter als die Willenserklärung in Gegenwart von Zeugen.

Brach eine Frau die Ehe, so konnte der Mann sie verstoßen, und sie verlor ihr Gut. Doch galt es nicht als Ehebruch, wenn ein Mann sich Nebenfrauen oder Beischläferinnen hielt, für kurze oder lange Zeit. Die Christianisierung änderte daran nichts, doch die Strafen für Frauen wurden drakonisch. Da gibt es den kleinen See in Thingvellir, dem Ort des jährlichen Things: dort, so wurde mir berichtet, waren in christlicher Zeit die Ehebrecherinnen ertränkt worden und später die Kindsmörderinnen. Strafen, wie sie in heidnischer Zeit undenkbar gewesen wären, woher hätten Thor und Odin, die wilden Kerle, das Recht nehmen sollen, sie anzuordnen?

Offensichtlich haben die Frauen in Islands Goldener Zeit gar nicht wenige Freiräume gehabt, nicht wenige Rechte. In ihrem Arbeitsbereich, der Herstellung von Garnen, Stoffen, Teppichen, der Hofhaltung und der Erziehung kleiner Kinder, der Sorge für die Alten, die Mägde und Knechte, waren sie wohl sehr selbständig. Die Männer hingegen hatten alles in

der Hand, was über den Hof hinausging; sie handelten und händelten, versuchten Anhänger zu werben und ihren Reichtum zu mehren.
Gingen die Männer auf Fahrt, führten die Frauen jahrelang allein die Wirtschaft, um dann, kaum war der Mann heimgekehrt, zurückzutreten und ihm den ersten Platz zu überlassen. Vielleicht liegt hier ein Grund für den selbstbewußten Ehrgeiz, den manche Frauengestalten der Sagas haben? Ob es ihnen schwerfiel, sich jeweils wieder unsichtbar zu machen, wenn der Hausherr daheim war? Denn mit der Zeit waren sie es wohl, die den besseren Überblick hatten über die Erfolge und Risiken der eigenen Wirtschaft, sie genauer abschätzen konnten.
Es waren die Frauen der Großbauern, die über diesen zeitweiligen Einfluß verfügten. Über die Mägde und Kleinbauernfrauen berichten die Sagas kaum. Und wenn es doch geschieht, so erweist sich ihre Rechtlosigkeit. Die Geschichte von Thorgerd Brauk zum Beispiel, die Magd war auf Borg. Als sie vermitteln will im Streit zwischen Skallagrim und dessen heftigem Sohn Egil, wird sie für ihren ‹Vorwitz› bestraft. Sie jagen sie über die Landzunge, bis sie über die Klippe hinabstürzt ins Meer, und

Egil wirft ihr einen Stein nach, der trifft sie zwischen den Schultern, so daß Frau und Stein zusammen in den Wellen versinken.
Zuweilen wird von Bittgängen der Mägde erzählt, von Horchdiensten, die sie für ihre Herren leisten. Oder die Frauen der Kleinbauern verstecken einen der Großen, der geächtet ist, und mit ihren geringen Mitteln helfen sie ihm weiter, ohne die eigene Gefährdung vorzuschieben, die ihnen daraus erwächst. Wieviel selbstbewußter ist da Gudruns Einsatz für Gunnar, den sie bei sich versteckthielt, als sie ihre vierte Hochzeit feierte. Eine Frau wie sie wußte um ihre Rechte. Vieles stand ihr frei, vieles nahm sie sich heraus. Was aber auch ihr und allen Frauen verwehrt war, war: am Thing das Wort zu ergreifen, Recht zu sprechen, eine Waffe zu tragen, auszufahren.
Wie eindeutig und klar die Trennung: Frauen leben Frauenleben, Männer leben Männerleben. Mann und Frau von weitem an der Kleidung erkennbar: die Männer in Hosen, umschnürten Strümpfen, die Frauen im Rock. Auch im Haus hatten Männer und Frauen ihren Platz. Nur Frauen durften die Stofa betreten, die kleine Kammer in Fortsetzung des Langhauses. Hier saßen sie und nähten und schwatzten, spannen, woben; fensterlos

auch dieser Raum, mit Holz verkleidet die Wände, der Boden gestampfte Erde, eine Feuerstelle in der Mitte, Bänke den Wänden entlang und an der dem Eingang gegenüberliegenden schmalen Wand eine hölzerne Empore, die als Bettstatt diente. Männerarbeit das Schmieden von Werkzeug und Waffen, der Hausbau, die Viehzucht, das Waffenhandwerk.

Zum Fischen hinaus aufs Meer fuhren wohl Männer wie Frauen. Zu wichtig der Fisch als Nahrung, als daß eine Familie darauf hätte verzichten können, während der Hausherr auf Reisen war. Rudern konnte wohl jede Frau, mit einem Schwert umgehen kaum eine. Höhepunkt im Jahr von Männern und Frauen: der Ritt zum Althing.

Die hellen Sommernächte, die heftige Nähe so vieler Menschen: ununterscheidbare Stimmen, verwirrende Gerüchte, Neuigkeiten, viele Eheverträge wurden auf dem Thing abgeschlossen, die Zeit machte nichts als Sprünge. Bier und Met, Stockfisch und Hammel und Dickmilch, etwas anderes gab's im Leben nicht, und doch war hier das Gewohnte fremd. Die Mahlzeiten ausgiebiger, länger, lauter; es schmeckt anders, wenn man beim Essen beobachtet und beobachtet wird. Jeder Satz konnte etwas auslösen, Gesten konnten entgleiten, mißverstanden werden, überschätzt. Neben dem Genuß die Kontrolle: Vorsicht und Mißtrauen. Nur wenige verstanden es – wie Gudrun –, den Zufall zu leiten. Im Wunsch, die Erlebnisse ließen sich messen an den winterlangen Hoffnungen: darin war Gudrun den anderen wieder gleich. Diese zwei, drei Wochen, den Männern lärmige Pflicht, ersetzten den Frauen halbe Welten, auch wenn die Buden zugig waren und die Zelte zu nahe beieinanderstanden. Entscheidend das Gefühl, dabeizusein, dazuzugehören ...

Für Gudrun war es wohl in jenem Sommer am stärksten, als Thord auf dem Thing seine Scheidung von Aud verkündete. Sie hatte die erste Ehe hinter sich, erwachsen meinte sie über die Schwelle getreten zu sein, die Abhängigkeit von Selbstbestimmung trennt. Hatte sie die Verbindung mit Thord nicht klug vorangetrieben? Beinahe mühelos hatte sie ihn dazu gebracht, Aud zu verlassen, da er nicht lächerlich erscheinen wollte neben einer Frau, die Männerhosen trug.

Männerwelt, Frauenwelt: für Gudrun damals noch deutlich getrennte Bereiche, an deren Grenzen sie nicht rüttelte, die sie eher noch verstärkte, das Niemandsland dazwischen sau-

berhielt. Das Frauenlos, mußte ihr scheinen, war doch so kläglich nicht: wenn sich die Rolle listig spielen ließ, brachte sie viel ein. Hatte sie nicht Thorwald überlistet? Gehorchte nicht Thord auch schon ihrem Willen? Hatte sie nicht alle Möglichkeiten, die einflußreichste Frau des Bezirks zu werden? Warum also die Klage ernstnehmen, Frauen hätten keinen Einfluß? Mochten andere Frauen jammern: ihr würde es gelingen, trotz ihres Geschlechts mächtig zu werden, oder gerade deswegen.
Wie sicher muß sie sich gefühlt haben. Ich gönne es ihr, lange konnte es nicht dauern, bis die Wirklichkeit hinter den Wünschen zurückblieb. Noch nicht sehr getroffen hat sie Auds Angriff auf ihren Helden: unwirsche Bewunderung mischte sich in den Ärger über das geritzte Glück. Hätte Thord sich nicht vorsehen können? Sich wenigstens wehren? Eine Schande war es, sich im Bett überfallen zu lassen, von einer Frau. Aber auf Gudrun fiel dabei kein Schatten – sie mußte nur zusehen, wie die Ehre wiederhergestellt werden konnte.
Auch Thords Tod ließ sich überwinden: einordnen in die Reihe der Dinge, die zu ertragen waren. Gest hatte ihn vorausgesagt, blieb nur die Hoffnung, die vier Ehen erwiesen sich als steile Leiter: jede Witwenschaft als eine Stufe,

die höher lag. Fast wäre es gelungen: vier Männer, vier Söhne, zunehmender Reichtum, zunehmender Einfluß. Die Männer dabei fast austauschbar: Thorwald, Thord, Bolli, Thorgils, der glücklose Freier, und Thorkel schließlich, der vierte Ehemann: beeindruckbare Gockel, lenkbar, manipulierbar; einander zum Verwechseln verwandt. Hießen sie nicht auch fast alle gleich? Außer Bolli, der sich eingeschlichen hat in die Reihe?
Es war Kjartan, der Gudrun aus ihrer Ordnung warf, aus ihrer überschaubaren, handhabbaren Welt. Auf den ersten Blick erkannte sie in ihm den Ebenbürtigen, doch mit der ersten Tat stieß er sie auf ihren Platz zurück. Er war der Mann, sie war die Frau. Übersah sie es im Taumel, oder meinte sie, die Liebe würde diesen Unterschied auswischen? Beinahe hätte sie ihren Stolz vergessen, beinahe hätte sie sich gewünscht, so zu sein, daß er sie lieben könnte, sanft, demütig, anschmiegsam. Aber dann erwachte der Wunsch, an seiner Seite mehr zu erleben, mehr zu sehen, mehr zu sein, als ihr bisher vergönnt gewesen war. Als er ihr sagte, daß er auf Fahrt ginge, war kein Kokettieren in ihrer Frage, ob er sie mitnähme. War sie ihm nicht gleich?
Das war es, was Kjartan nicht hinnehmen konn-

te: den Verstoß gegen ihre Bestimmung, die Pflicht als Frau; erschreckend unweiblich schien ihm ihre Art, sich aus ihrer Aufgabe an Vater und Brüdern davonzumachen. Knapp war seine Antwort, und er forderte nur das Selbstverständliche: drei Jahre lang solle sie auf ihn warten.

Drei Jahre sind lang, wenn eine wartet, obwohl sie nicht warten will. Das Meer wechselt die Farbe, Wolkenschatten ziehen darüber hin, Regenschauer, während sie vergebens den Horizont absucht. Kurz ist die Zeit jedes Jahr, wo die Schiffe ausfahren, einlaufen können, immer bitterer die Enttäuschung, wenn nach den Sommermonaten die Zeit der Herbststürme anbricht.

Drei Jahre sind nicht lang, wenn einer ausfährt, fremde Küsten sieht, an Wettkämpfen teilnimmt, an der königlichen Tafel speist, und wenn alles, was er ist und kann, Glanzlichter aufgesetzt bekommt, Lob und Anerkennung erfährt.

Drei Jahre Frauenzeit, drei Jahre Männerzeit: Gudrun bekam den Unterschied zu spüren, demütigend ist er, gerade weil er sich als naturbedingt ausgibt.

Nicht länger konnte sie ihre Aufmerksamkeit,

ihre Zufriedenheit auf Laugar konzentrieren: Freude daraus ziehen, wie sie ihre kleine Welt lenken konnte, beherrschen – auf Mittelmaß geschrumpft ihre Größe angesichts des Meeres und aller Herrlichkeiten, die es von ihr fernhielt: Fürstenhöfe, weite Länder. Wie lächerlich dagegen ihr Weg vom Haus zum Stall, vom Stall zum Haus.

Wenn Kjartan nach drei Wintern zurückgekehrt wäre, wenn er sie geheiratet hätte: wäre sie wieder versöhnt gewesen mit ihrer Welt? Ist Einsicht so abhängig vom Glück? Und das Glück von der Dummheit? Denken nur Unzufriedene nach, bringen nur sie uns weiter?

Hätte sie es ertragen, neben ihm zu leben und zu wissen, daß sie ihn als einzigen nicht lenken konnte, nicht aufstacheln, nicht halten? Wäre es nicht auch zum Kampf gekommen, irgendwann, weniger blutig vielleicht, aber genauso erbittert?

War es nicht so, daß Kjartan sie – ein für allemal – auf ihre Rolle als Frau festlegte, sie in die Schranken wies? Das hätte sie ihm wohl auch nicht verziehen, wenn er sie geheiratet hätte. So tief, so betäubend ist kein Glück, daß es den Verstand für alle Zeit umnebelt.

Aber Kjartan bewahrte Gudrun auch davor, ihr Geschlecht zu hassen. Er heiratete sie nicht

und ließ ihr die Möglichkeit, gegen ihn zu kämpfen: als wären sie zwei gleich starke Parteien auf einem flachen Feld. Außerdem bekam sie eine Rivalin, Hrefna, das junge Ding – die alte Geschichte, sie wird nicht blasser, auch wenn sie immer die gleiche ist.
Doch wo läge Hrefnas Schuld?
Gudruns Fehler (wenn von Fehlern denn gesprochen werden soll) war, daß sie, was ihr widerfuhr, nicht anders denn als ihr persönliches Schicksal ansehen konnte. Nie wäre es ihr in den Sinn gekommen, sich mit andern zu verbünden, zu begreifen, daß andere unter ähnlichen Beschränkungen litten. Warum sah sie es nicht? Jeder Mann ein Gegner, jede Frau eine Rivalin, jede Begegnung eine Konfrontation, in der zu siegen war: wie lange konnte das gutgehen? Und wann hat Gudrun angefangen, sich zu überschätzen? Wann das Gefühl dafür verloren, was angemessen war, was lächerlich?

Die Welt, die die Saga beschreibt, kennt keine Gemeinschaft, kein gemeinschaftliches Handeln, das über den Verband der Sippe hinausgeht. Berichtet sie von gemeinsamen Unternehmungen, dann gibt es Anführer und Gefolgsleute (Bolli und neun seiner Männer, heißt es etwa). Nur wenn es unvermeidbar

war, tat man sich zusammen: wer hätte schon allein nach Norwegen, nach Irland segeln können ... Doch im übrigen verfolgte jeder seine eigenen Geschäfte, zu eigenem Ruhm, eigenem Reichtum.
Eine Gesellschaft mit aristokratischen Strukturen, obwohl es das Althing schon gab, diese jährliche Landsgemeinde der Einflußreichen – und die Verpflichtung der reichen Großbauern, für die Armen, die Waisen, die Alten in ihrem Bezirk aufzukommen; auch Viehverluste wurden von ihnen ausgeglichen, wenn kein persönliches Versagen vorlag: das Vieh eines Bauern war die Grundlage seiner Existenz. Doch die Menschen – siebzig- bis achtzigtausend mögen es damals gewesen sein – verteilten sich auf ein riesiges Gebiet. Wie hätte sich da ein Gefühl von Gemeinsamkeit entwickeln können, das über gegenseitige Überlebenshilfe hinausging?
Endlose Entfernungen zwischen den Landesteilen, tagelange Ritte von Hof zu Hof, selbstgenügsam mußte jeder sein, sonst hätte er nicht überlebt. Von Oktober bis Mai Winter, Schnee, Dunkelheit, Wege und Pfade, die immer wieder ausradiert wurden von Überschwemmungen, Lava, Lawinengängen: das vereinzelt.
Für die Frauen, denke ich, war das Gefühl der

Einsamkeit noch drückender als für die Männer. An die Höfe gebunden, um sich nur die Kinder, die Knechte und Mägde, das Vieh, Bittgänger, die vorbeikamen, Händler oder Vogelfreie, die Schutz suchten. Der weite Horizont gab sie von weitem preis (drei Viertel der Welt sind Wolken, wie kann eine da bestehen).

Einsamkeit macht die Gefühle klein. Der Gedanke, Hrefna das Tuch wegzunehmen, es aus der Welt zu schaffen: wie lange muß er in Gudrun gestichelt haben, gelockt. Diesen kleinlichen Neid, wer vermutet ihn bei ihr, der glänzend Geehrten. Mißgunst und die Entschlossenheit, nichts auf sich sitzen zu lassen an Zurücksetzung. Kjartans Schwert zu entwenden, damit er sich nicht mehr damit schmücken kann, nichts die ruhmreiche, glückliche Zeit in Norwegen heraufbeschwört: was hat sie davon, außer dem Gelächter, das sie einen Moment lang schüttelt. Anderen weh zu tun, weil sie selber verletzt ist; anderen den eigenen Willen überwerfen können wie ein Netz. Auch wenn es nur hinterrücks geschehen kann.

Schadenfreude. Rachgier: unersättlich ist sie, kann zuletzt nur mit Blut gestillt werden.

Warum sehe ich sie aber immer als Töterin? In einer Reihe mit Klytämnestra, Medea. Sie hat schließlich nicht selber getötet, hat kein Schwert angefaßt, war nur eine Anstifterin, nicht Mörderin. Schmählich, wie sie sich des Mannes bedient hat, der doch jahrelang neben ihr lag, jahrelang tat, was sie von ihm verlangte. Das Schwert in Bollis Hand war seins; der Wille, zuzustoßen, zu morden, der ihre.

Es ist schwer, darüber zu erschrecken und sie trotzdem nicht zu verachten. Doch warum wehre ich mich dagegen, auch in dieser Landschaft, die weit ist und offen, Menschen zu finden, die nicht großzügig sind und innerlich frei, sondern böse und kleinlich.
Die Bilder vom Land aus Feuer und Eis lösen Wünsche aus, denen man sich schwer entziehen kann. Islands krustige Heftigkeit, unfaßbar ist sie, wider Willen lockend. Die Hoffnung, das Unverständliche käme näher, wenn ich es erlebe.
Ich stehe, den Rücken steifgemacht gegen den böigen Wind, auf einer abfallenden Wiese, moosig tief das dünne Gras, sehr grün, feucht. Die riesige Ebene sieht fruchtbar aus von hier oben, es wundert mich, daß keine Felder erkennbar sind, keine Weiden, nicht einmal Zäune, Wege, nur die trägen Windungen eines Flußlaufs, raumgreifend, rücksichtslos. Gegen

den Horizont eine Bergkette, Büttenrand unter schwerem grauem Himmel, die Flanken getüpfelt von Schneeresten, Furchen, Wasserfällen vielleicht, darüber kompaktes Weiß, abgegrenzt die blendenden Gipfel. Eine Landschaft, in der ich friere und die ich doch bewundern muß, unvereinbar mit dem Tankstellenbüdchen vorhin, das hot dogs anbietet durchs Schiebefenster, drive in mitten in der Ödnis. Ich suche die Ebene ab nach Gehöften: irgendwo da unten soll Oddi liegen, der Ort, wo Snorri Sturluson aufwuchs, der großartigste Dichter des 13. Jahrhunderts, ein intriganter Machtpolitiker.
Kennte ich die Sagas nicht, es hätte mich nicht hierhergezogen. Der Wunsch, das Land könnte das, was hier entstand, verdeutlichen, er erfüllt sich kaum. Orte, Namen, Überreste. Bus, Herbergen, Souvenirs –
Später wird es ein Gefühl sein, als wäre ich mit offenem Mund durch diese Insel gefahren, staunend, stumm. Muß mich begnügen mit einem Blick auf Lavafelder und verbrenne mir die Finger an den heißen Dämpfen, die in Námaskard aus abgestorbenen Schwefelwüsten rauchen, an deren Rändern hier und dort schon wieder kleine Flechten blühen.
Einzelheiten.

Auch die Bilder, die unwirklich scheinen, machen stumm. Die Pferdeherde, die vorbeigaloppiert, aus dem Nichts aufgetaucht, der Seeadler, der sich mit riesigen Schwingen von einem Stein erhebt, erschreckend, beglückend. Dann wieder Irritationen, Empfindlichkeiten, hervorgerufen durch die Kälte, den Wind und das diffuse Dämmerlicht in der Nacht. Bei der Überfahrt von Stykkisholmur zu den Inseln, auf denen nur Vögel hausen, zum Beispiel: die Möwenkolonien sehen, Kormorane in den gefurchten Steilwänden, von oben die neugierigen Schreie, die schräggelegten Köpfe der Papageientaucher. An die Reling geklammert, Gischt im Gesicht, ausgeliefert den Wellen, die wohl nur mir gefährlich vorkommen, und unter einem theatralisch sich verdunkelnden Himmel an Olaf und seine Gefährten denken, die wochenlange Fahrten unternahmen auf ihren offenen Schiffen – sie bewundern wollen und doch nicht vergessen können, wie naß meine Hosenbeine schon sind und wie kalt meine Füße nach einer einzigen Stunde Fahrt.
Bilder, Geräusche, Ertastetes. Und immer wieder Geschichten, die anders sind, als ich sie erwarte. Das Große, das Kleine hat andere Kleider hier. Die Fahrten sind lang, der Busfahrer erzählt gern. Die Geschichte von Islands

dickstem Pfarrer, der auch in Oddi gelebt haben soll, mit der dicksten Pfarrfrau an seiner Seite: er habe 160 Kilo gewogen, sie 165 Kilo. Oder die Geschichte vom Steinblock mit der Hausnummer 137, der an einer Straße in Reykjavík liegt und den niemand dort weghaben will: Geister wohnen darin, die sind so klein, daß sie sich selber kaum bis zur Nasenspitze reichen. Sie bewohnen den Stein schon länger, als die Menschen sich an dieser Straße Häuser bauen – also sollen sie auch wohnenbleiben, Evas ungewaschene Kinder, die sie vor dem lieben Gott verstecken wollte, als der sie besuchte. Sie schämte sich nämlich, sie schmutzig dem Schöpfer zu zeigen. Da meinte Gott, daß die Kinder, die Eva ihm vorenthalten habe, auch kein Mensch mehr zu Gesicht bekommen solle. Sie wohnen seither in diesem Stein, nur nachts besuchen sie die Menschen, im Traum.

TÖTEN AUS VERLETZTEM STOLZ, andere zu Rache und Mord anstiften. Die Frauengestalten der Saga erscheinen oft grausamer und unverständlicher als die Männer: Gudrun, die Bolli aufhetzt, der Kjartan seine Freundschaft gern bewahrt hätte, nachdem er ihn einmal auf den zweiten Platz hatte verweisen können; Aud, die Verlassene, die sich mit dem Schwert zu Thords Bett schleicht, als ihre Brüder nicht gewillt sind, sie zu rächen; auch Thorgerd, Kjartans Mutter, hätte den Mörder ihres Sohnes wohl selber umgebracht, wenn Kjartans Brüder sich nicht doch hätten aufhetzen lassen. Stichelnd, fordernd, drohend redet sie auf ihre Söhne ein; und als sie sich endlich aufraffen, ist sie immer in der Nähe: Denn ich kenne euch, meine Söhne, und weiß, daß ihr ein wenig Scharfmacherei nötig habt ...

Ein viertes Beispiel. Von Thurid erzählt es, Kjartans Schwester. Sie war verheiratet mit Geirmund, dem Norweger, der den Beinamen

‹Lärm› hatte und als streitsüchtig galt. Sie hatten eine Tochter, Groa, und als das Kind ein Jahr alt war, beschloß Geirmund, wieder nach Norwegen zu ziehen. Auf einen Zeitpunkt für seine Heimkehr wollte er sich nicht festlegen, und Geld für seine Familie ließ er nicht zurück.

Er machte sein Schiff bereit und segelte aus dem Hvammsfjord hinaus. Bei den Inseln aber, wo das offene Meer beginnt, mußte er einen halben Monat auf Fahrtwind warten. Davon erfuhr Thurid, rief die Knechte zusammen, befahl ihnen, mit ihr und Groa hinauszurudern. Bei den Inseln ließ sie die Jolle aussetzen, die zu dem Boot gehörte, stieg hinein, mit ihr zwei Mann und das Kind, und sie hieß die Männer durch die Strömung rudern zu Geirmunds Schiff. Dort nahm sie einen Bohrer aus dem Kasten am Steven und befahl einem Knecht, das Beiboot des Schiffs ihres Mannes so anzubohren, daß es leck würde, sobald es ausliefe; sie selbst bestieg mit der Tochter auf dem Arm die Laufbrücke und gelangte aufs große Schiff.

Es war die Zeit des Sonnenaufgangs. Alle Männer schliefen. Thurid ging zu Geirmunds Lager. Sie setzte Groa neben ihn auf den Boden, ergriff das Schwert Fußbeißer, das an einem

Krummholz hing – nahm es, eilte zurück in ihr Boot, und die Knechte ruderten los, so schnell sie nur konnten.
Groa begann aber zu weinen, und Geirmund erwachte davon. Verwundert sah er seine kleine Tochter neben sich sitzen, und dann bemerkte er, daß sein Schwert verschwunden war. Er sprang auf, trat an die Reling, sah Thurid und ihre Knechte und daß sie schon ein ganzes Stück weggerudert waren. Er weckte seine Männer, befahl, das Beiboot auszusetzen und sie zu verfolgen, merkte aber bald, daß es leckte. Das mußte erst geflickt werden, wollte er nicht absaufen vor ihren Augen.
Während seine Leute die Löcher stopften, die Thurids Knecht vor nicht einer halben Stunde gebohrt hatte, rief er seiner Frau nach, sie solle ihm sofort sein Schwert zurückbringen und das Kind abholen: sie bekäme so viel Geld dafür, wie sie nur wolle.
Ob ihm das Schwert also wertvoller sei als das Kind? ruft Thurid zurück. Ja! Vieles gäbe er dafür hin, schreit Geirmund.
Dann solle er es nicht wiederbekommen! ruft sie zornig. Als Strafe, daß er sich so unehrenhaft benommen habe gegen sie.
Da verflucht Geirmund das Schwert: Kein Glück werde es ihr bringen! Es solle jenem

Mann das Leben nehmen, dessen Tod für die Sippe der größte Verlust sei.
Ein Fluch aus Zorn und Verzweiflung: ein Mann, der unbewaffnet ausfährt, verliert Ehre und Leben. Hätte Thurid den Fluch ernstnehmen müssen? Nach Hause zurückgekehrt, empfindet sie nichts als Befriedigung über ihre Tat. Und beschließt, das Schwert Fußbeißer Bolli, dem Halbbruder, zu schenken – wenn es in der Familie bleibt, wird es keinen Schaden anrichten, denkt sie. Über den Fluch, der darauf liegt, schweigt sie.
Ob sie ihre Tochter vermißt hat? Die Saga berichtet nichts darüber. Es wird nur erzählt, daß Geirmund bald guten Fahrtwind hatte und mit ihr davonsegelte. Vor Stattland aber, einem Gebirgszug an der Westküste Norwegens, lief das Schiff auf eine Untiefe auf, und alle, die darauf waren, ertranken.
Auch Groa, die Tochter, ertrinkt. Sie ist der Mutter Pfand gewesen, mehr war sie ihr nicht. Das Bild ist so knapp, so drastisch wie möglich; wo wäre die Grenze, die Aufruhr sich noch setzte? Die Saga kommentiert es nicht – es wird nur bemerkt, Olaf, Thurids Vater, der große Versöhnende, sei wenig zufrieden gewesen damit, aber es geschah nichts weiter. Die Provokation soll stehenbleiben.

Melkorkas Widerstand ist viel weniger provokativ. Die Königstochter, die zur Kriegsgefangenen wird, zur Sklavin eines isländischen Großbauern: die Demütigung läßt sie verstummen. Ihr Schweigen der Versuch, einen Rest an Würde, an Autonomie zu bewahren; darin kapselt sie sich ein. Es muß sie viel Überwindung gekostet haben, die Rolle durchzuhalten, schloß sie doch ein, die eigene Identität zu verschweigen: ihre Herkunft hätte ihr Vorteile eingebracht bei ihrem Herrn und ihre Lage erleichtert.
Sie öffnet sich nur ihrem Sohn. Ihm gibt sie weiter, was sie ist und weiß, und er wird zu einem einzigartigen Menschen, einem außergewöhnlichen Mann mit stark versöhnlichen Zügen, klug, stets auf Vermittlung und Ausgleich bedacht; ein Mann, dessen Autorität weder auf Körpergewalt noch auf wirtschaftlicher Übermacht beruhte: Kjartans Vater und Bollis Ziehvater.
Melkorka hat ihm alles gegeben, was sie geben konnte. Selber behält sie nichts. Als Olaf nach Irland reist, an den Hof des Königs, der ihr Vater ist, da bleibt sie zurück: nicht länger stumm, aber leergelebt.

Das Wort «königlich» scheint mir auf Melkorka zu passen: das Ungebrochene beschriebe es. Ich verstehe, daß Jorun eifersüchtig auf sie war und fürchtete, ihren Mann an sie zu verlieren. Sie schikaniert die gekaufte Frau, wo sie kann, und versucht, sie kleiner zu machen, als sie erscheint, und sich größer, als es nötig wäre.

Jorun ist aber nicht nur die Eifersüchtige. Die Saga zeigt sie auch anders: als Schlichterin zwischen ihrem Mann und dessen Bruder Hrut.

Nachdem Hrut mit Bitten, Fordern und Drohen nicht erreicht hat, daß Höskuld ihm seinen Anteil am mütterlichen Erbe zurückgibt, überfällt er Höskulds Hof und treibt die Hälfte der Rinder weg. Höskulds Leute, die sich ihm in den Weg stellen, bedroht er mit seinem Schwert und dem Speer. Daraufhin will Höskuld seinen Bruder zum Zweikampf fordern; aber Jorun stellt sich zwischen die Streithähne. In einer langen heftigen Rede hält sie ihm vor, wie abscheulich er sich verhalten habe. Hrut habe Anrecht auf seinen Teil des Erbes, und außerdem werde er von einflußreichen Männern unterstützt. Höskuld sei im Unrecht. Es wäre also rätlicher für uns, sagt sie – sie sagt tatsächlich: für uns, macht den Streit also auch zu ihrer Sache – Es wäre rätlicher für uns, wenn du deinem Bruder in anständiger Weise entgegenkämst; ich denke, daß Hrut einen Vergleich gern annehmen wird, denn man hat mir erzählt, er sei ein verständiger Mann. Er wird einsehen, daß eine Einigung auch ihm mehr bringt als Streit.

Joruns Rede ist lang für das wortkarge Genre der Saga – erst recht für eine Frau. Höskuld läßt sich von ihr umstimmen: der Vergleich zwischen ihm und Hrut wird geschlossen.

So entschieden Jorun ein Auge behält auf Höskulds Geschäfte: daß er in Norwegen eine Frau kauft und sie mitbringt, das hat sie nicht verhindern können. Sie empfindet Melkorka als Bedrohung: hier wird ihre Position in Frage gestellt, ihr Einfluß beschnitten. Sie kann in der Fremden keine Schwester sehen, undenkbar, sich mit ihr zu verbünden – sie braucht die Sicherheit, die aus dem Gefühl kommt, ihre Umgebung zu dominieren. Da wird sie sich doch nicht auf einen Wettbewerb mit einer gekauften Magd einlassen, dessen Ausgang sie nicht absehen kann.

Bei Jorun wie bei Hrefna ist Eifersucht nicht nur Ausdruck gekränkter Eitelkeit: es ist die Angst, das Wenige an Glück, an Einfluß, das erreichbar ist, an eine andere zu verlieren.

Hrefna. Jetzt den Blick auf sie. Jung ist sie und

glücklich über Kjartans Werbung, auserwählt fühlt sie sich, emporgehoben. Großzügig vor Verliebtheit meint sie, Kjartan werde Gudrun schon vergessen, wenn sie erst verheiratet wären. Sie wird ihm alles sein, was er sich nur wünschen kann. Sie bewundert ihn und traut ihm zu, das Leben so einfach zu halten, wie es für sie aussieht, seit sie ein Mädchen war.
Hrefnas Neigung, in Ganzheiten zu denken: er liebt mich, er liebt mich nicht. Jeden Zweifel empfindet sie als etwas Lähmendes. Sie traut sich nicht zu, selber einzugreifen, um Kjartan zu kämpfen.
Sobald sich die ersten Sturmwolken neben die Sonne schieben, wird sie starr wie ein Kriechtierchen und muß unbeweglich zuschauen, wie das Unwetter sich über ihr zusammenzieht, wie es sich entlädt. Kein Platz für Winkelzüge ist in ihrem Kopf, und wohl auch kein bißchen Mut, sie könnte ein Übel abwenden, zumindest entschärfen.
Kjartans Tod zerbricht sie. Ihr Leben ist zu Ende. Zu ihren Brüdern ins Nordland zieht sie sich zurück und stirbt dort bald. Keinen Augenblick denkt sie an Rache – daran, daß das Unheil so überlebbar werden könnte –, und schon gar nicht an eine neue Heirat. Sie gibt sich keine Wahl.

«Schichtet nun, Jarle, die Eichenscheite, / daß sie sich hoch heben unter dem Himmel, / die leidvolle Brust mir das Feuer verbrenne, / vor Hitze der Harm im Herzen schmelze. / Allen Männern werde sanfter zu Mut, / allen Schönen lindre's die Schmerzen, / wenn sie mein Trauerlied hören.»

Hrefnas Geschichte ist die traurigste in der Saga. Nichts hat sie sich zuschulden kommen lassen, glücklich hat sie nur sein wollen mit dem Mann, der sie erwählt hat. Nichts hat sie gefordert vom Schicksal, nichts ertrotzt, weder Intrigen noch böse Späße sind auf ihrem Weg, und doch schlägt das Unglück zu. Unverschuldetes Leid; herausgefordert vielleicht, weil sie anderen in die Quere kommt. Verständlich, daß sie eine Frau wie Gudrun reizen muß: Hrefna, nicht nur Rivalin, sondern Gegenbild, der blanke Vorwurf. Schau, wie einfach alles ist, wenn die Frau annimmt, was ihr bestimmt ist! Wenn sie warten kann, sich einordnen, geben und nehmen, wie es seine Ordnung hat, bedingungslos.

Hrefnas Licht und Gudruns Dunkelheit. Wie all die Schicksale ineinandergreifen. Die Saga ein Teppich, aus Lebensfäden gewoben, eng verknüpft untereinander und aufgezogen auf den festen Rahmen der männlich bestimmten

Welt, der Welt der Väter, Männer, Söhne, der Regeln und Normen. Alles bleibt bezogen auf diesen Rahmen, der keine Abweichung zuläßt. Nur Unn, die Stammutter aller Geschlechter am Breidifjord, die ganz am Anfang der Laxdoela Saga steht: sie lebt als einzige ein autonomes Frauenleben.

Unn war die Tochter des Ketil, der Norwegen verließ, weil König Harald ihm die Rache verwehren wollte für erlittenes Unrecht. Unn begleitete den alten Vater, es hielt sie nichts zurück.
In Schottland ließ man sich nieder, doch nach dem Tod ihres Vaters mochte Unn da nicht bleiben. Mit der ganzen Verwandtschaft im Gefolge und allem Geld segelte sie zu den Orkney-Inseln, verheiratete eine junge Verwandte dort, und zog dann weiter zu den Färöer-Inseln. Auch hier stiftete sie eine Ehe, ließ ein vornehmes Geschlecht zurück.
Dann gab sie Befehl, Island anzusteuern, Ultima Thule, wo ihr Bruder Helgi, wie sie wußte, Land in Besitz genommen hatte, und auch ein zweiter Bruder, Björn, schon wohnte. Am Breidifjord, an seinem südlichen Ausläufer, dem Hvammsfjord, genauer gesagt, legte Unn an und nahm sich ein großes Gebiet zu Eigen,

auf dem sie einen Hof errichten ließ, der ihrem Stand entsprach.
Mehreren Männern aus ihrem Gefolge teilte sie ein Stück Land zu, einen Anteil ihres Besitzes, und sie ging dabei klug vor und gerecht und schuf sich viele Freunde. Die Wirtschaft kam gut in Gang, Unn behielt den Überblick über alles – und erst am Tag, als ihr letzter Enkel ehrenvoll verheiratet wurde, sah sie ihr Lebenswerk als vollendet an. Sie wolle sich früh schlafen legen, sagte sie zu ihren Gästen und zog sich zurück, und als man am anderen Morgen nach ihr schaute, saß sie im Bett gegen die Kissen gelehnt und war tot.
Eine unzimperliche, kräftige Frau ist Unn gewesen, die Saga ist des Lobes voll, wenn von ihr die Rede ist. Eine unangefochtene Autorität. Nirgends auch nur in einem Nebensatz die Bemerkung, daß sie als Frau eigentlich das Leben eines Mannes geführt hat. Unns Chance war, daß sie zu einer Zeit lebte, als diese Ordnung noch nicht festgeschrieben war. Etwa um 890 kam sie nach Island, in ein Land, das damals noch kaum besiedelt war (die erste bleibende Landnahme durch Norweger wird auf das Jahr 874 datiert). Vereinzelte Bauern hatten sich schon hier und da an den Küsten niedergelassen, doch sie hatten genug damit zu tun,

einigermaßen lebensfähige landwirtschaftliche Betriebe aufzubauen. Gesellschaftliche Normen waren nicht wichtig, solange das Überleben nicht gesichert war; das war Unns Chance. Sie bleibt stehen als Vorbild. Nicht nur die Menschen ihrer Zeit haben sie geachtet. Auch der Sagaschreiber, der mehr als zweihundert Jahre später ihre Geschichte aufnimmt in die Geschichte der Leute aus dem Lachswassertal, behandelt sie mit Hochachtung. Fortlaufend und als Hauptsache wird von ihr erzählt, als Handelnde steht sie neben, wenn nicht über den Männern ihrer Zeit, und neben den Männern der späteren Generationen. Die Saga, deren Aufgabe es war, von den Handelnden zu erzählen, kommt an ihr nicht vorbei. Gudrun und Melkorka, Thurid, Hrefna und alle die anderen Frauen aus dem Lachswassertal sehen ihre Lebensläufe eingebaut in die der Männer, die mehr hergeben an Abenteuerlichem. Eingeschlossen sind sie also nicht nur in ihrer Welt: sie bleiben es auch innerhalb der Texte, die von ihnen berichten: Nebenfiguren, Re-Agierende.

Wie wäre es, denke ich und schaue aus dem Fenster des fahrenden Busses auf die regenverhangenen Bergzüge, gräuliches Grün, gräuliches Schwarz – ich bin auf dem Weg in den Norden der Insel –, wie wäre es, wenn wir nicht nur das Interesse zurückgewännen für die Frauen damals, sondern gleichzeitig auch die Beschränkungen ablegen könnten, die uns das Denken auferlegt. Auch in mir steckt sie, die unausgesprochene Überzeugung, Nebensache zu sein. Selbst wenn wir inzwischen Gleichberechtigungsartikel haben, Frauenbeauftragte, den Zugang zugesprochen zu Ausbildung, Ämtern, Geschäften: die innersten Schichten bleiben fast unberührt vom Tauwetter. Ducken, bitten, danken und nicht zu weit über Nachbars Hag fressen: ich tue es nicht nur, ich spüre auch, wie es gefordert wird. Und belohnt.

Wir fahren in Akureyri ein. Flaches rotgoldenes Licht liegt auf den farbigen Hausfassaden, das Meer sieht starr aus, wie aus Sperrholz ausgeschnitten und zwischen die Hügelzüge geklebt. Die Wolkenbänke, die grauen Schlieren haben sich aufgelöst in Wattebäusche, sie schweben sehr hoch im sehr hellen, kaum noch blauen Himmel zügig nach Südosten. Auf den Straßen gehen die Menschen in Windjacken, mit schnellen Schritten, die Hände in den Taschen; sie gehen, als gehörten sie unter einen finstereren Himmel, in kältere Zeit. Die harsche Abendluft wird auch mich bald einschließen, aber noch sitze ich im Warmen, zerre an Taschen, falte die Landkarte wieder ordentlich zusammen, und fege die Krümel vom Sitz, binde die Schuhe zu, und der Fahrer erzählt einen Witz, der Bus seufzt prustend seine Bremsluft weg, ich lache, obwohl ich den Witz nicht recht verstanden habe, und greife mir müde ans Kreuz.

VOR GUT SIEBZIG JAHREN hat eine Privatdozentin der Universität Zürich ein Buch veröffentlicht, das den Titel «Altnordische Frauen» hat. Sie zeichnet darin Porträts von Isländerinnen, zieht die Sagaliteratur und historische Berichte als Quellen heran. Ein etwas schwülstiges, stellenweise bedenkliches Buch; beinahe hätte ich jene paar Seiten im Vorwort überlesen, die vom isländischen Brauch des Mädchenmordes handeln.

Es ist wahr, daß in der Sagaliteratur keine unverheirateten Frauen vorkommen, sieht man von den Mägden ab. Andererseits beschreiben unzählige Szenen, wie schon Knaben in Kämpfen fallen, bei waghalsigen Abenteuern umkommen, und die jungen Männer, die heiratsfähig sind, fahren zuerst einmal in die Welt hinaus. Nicht alle kehren zurück: manche ertrinken, manche fallen, andere ziehen es vor, in wirtlicheren Gegenden zu bleiben.

Trotzdem müssen auf Island immer noch genügend Männer gelebt haben, um die Frauen zu heiraten, die es gab. Es durfte nur nicht zu viele Frauen geben. Der Mord an weiblichen Säuglingen scheint die logische Konsequenz zu sein. Im Jahre 1000, als auf Druck des norwegischen Königs auf Island das Christentum eingeführt wurde, haben sich die Isländer noch ausdrücklich das Recht festschreiben lassen, wie bisher neugeborene Kinder aussetzen zu dürfen. Neugeborene Mädchen, versteht sich: denn welchen Grund gäbe es, einen Sohn auszusetzen? Söhne vermehrten der Familie Ehr und Gut, Söhne konnte man kaum genug haben.

«Wäre der Kindermord damals nicht so allgemein verbreitet gewesen», heißt es in «Altnordische Frauen», «so hätte ja auch nicht die aus alten Zeiten noch stammende Sitte ihre Gültigkeit behalten ..., daß nach der Geburt der Vater das neugeborene Kind vom Boden, auf dem die Mutter niedergekommen war, aufheben mußte, wenn er wünschte, daß es überhaupt am Leben bleiben solle. Ließ er es liegen – und das geschah selbstverständlich mit allen Mißgeburten und schwächlichen Kindern, ebenso selbstverständlich aber auch in vielen Fällen mit jenen Kindern, die wie die Töchter später allerhand Pflichten auferlegten – dann

war das Kind dem Tode verfallen, wenn nicht irgendein Zufall es rettete.»
Solche Rettungen waren Ausnahmen, von ihnen wird in den Sagas berichtet; von getöteten Säuglingen aber hatte ich nirgends gelesen. Und doch müssen es viele gewesen sein, die so aus dem Leben gedrückt wurden – wenn es denn wirklich die Regel war, daß jede verheiratete Frau jedes Jahr ein Kind gebar.
Wann fing ein Leben an, Wert zu bekommen? Wenn das Kind sprach? Wenn es sich selbst verteidigen konnte? Wenn es zum Mitarbeiten groß genug war? Mündig war es mit zwölf, heiratsfähig kurz darauf. Waren die Menschen damals so arm, daß sie nicht mehr Kinder haben konnten, als vier, fünf? Bedeuteten ihnen Kinder so wenig? Fühlten sie sich nicht so stark an sie gebunden, wie es uns natürlich erscheint? Waren sie so nüchtern, die isländischen Väter und Mütter?
Nüchtern waren sie sicher nicht: wie hätten sie sonst Fehden ausgetragen, die manchmal generationenlang weitergezogen wurden. Warum hingen sie nicht mit ähnlicher Zähigkeit an ihren Neugeborenen? Kompromißlos, bereit, auch zu leiden?
Oder war es doch die Armut, die ihren Gefühlen die Wärme genommen hat? Selbst die

mächtigsten Bauern jener Zeit waren durch Mißernten leicht in den Hunger zu treiben. Wenn das Treibeis von Grönland herüberwuchs und die Insel bis in den kurzen Sommer hinein umklammert hielt – an Heu war nicht zu denken, kaum daß das Gras ausreichte für Schafe und Pferde, kaum daß genügend Milch da war für die Leute – , dann riß das Netz, die Vorräte waren bald aufgebraucht, und die Menschen starben, eingesperrt auf ihrer Insel. Erklärt das die Bereitschaft, die Schwächsten, Nutzlosesten preiszugeben? Die Säuglinge, die Mißgeburten, die Mädchen. Ballast. Weiblichkeit als Makel.

Die Frau gebiert auf dem Boden, preßt das Kind aus sich heraus, dann liegt es zwischen ihren Beinen, wird abgenabelt, schreit und fuchtelt mit den roten Ärmchen, trägt, so winzig es ist, schon sein Zeichen. Ist ein kleiner Mann oder eine kleine Frau. Und während die Mutter erschöpft das Bluten über sich ergehen läßt, das Gewaschenwerden, tritt der Mann hinzu, der Vater, und beschaut sich sein Kind. Hat es gesunde Glieder? Scheint es kräftig gebaut? Ist es ein Sohn? Er schaut nicht lange hin, er weiß bald, ob er es aufheben wird, sein Kind, oder ob er es liegenläßt bei seiner Frau,

die ihr Gesicht wegdreht. Noch hat sie es nicht angeschaut. Erst dann nimmt sie es an, wenn der Mann ihm das Leben gelassen hat.
Als ob der Mann gebären könnte. Er schenkt ihm das Leben. Nachgeholte Schöpfung, Macht über Leben und Tod.
Der es später wegbringt und unter einen Krüppelbaum legt, das zum Sterben verurteilte Kind, hat vielleicht Tränen in den Augen, retten wird er es nicht.
Wilde Tiere sind es kaum, die das ausgesetzte Kind dann anfallen, anfressen. Es wird erfrieren, denke ich, und der Wind trägt seine Seele weg. In den Krüppelhimmel, den Mädchenhimmel. Den Himmel der Vögel.

«Anhalten!» schreit der Vogelkundler durch den Bus, er hat seinen grünen Lodenhut noch auf dem Kopf, hat ihn die ganze Fahrt nicht abgelegt, das Gebiet um den Mývatn gilt als ornithologisches Paradies. Der Fahrer fährt brüsk neben die Straße, der Bus stoppt im Stoppelgras, kurz vor dem Schilfgürtel, der Grüne rennt hinaus, nimmt fast die Flügeltüren mit vor Eifer, das Fernglas klebt an seiner Brille.
«Odinshühnchen!» schreit er, ich schaue hinaus, und da sehe ich sie: die braunen, hüpfge-

schwinden. Odinshühnchen, bei denen die Weibchen bunter sind als die Männchen, schöner und ein wenig größer, sie haben einen langen schlanken Hals mit einer rostroten Kragenbinde, die bei den Männchen zu einem Nackenfleck verkümmert ist. Pit-pit-pit rufen sie und suchen sich ihr Männchen aus in Damenwahl, manchmal sind es auch zwei oder drei Männchen, die sie zu Nistplätzen locken. Die Männchen setzen sich auf die Nester, das Weibchen legt je drei bis vier Eierchen hinein, und dann darf das Männchen brüten. Mehr als zwanzig Tage dauert es, bis die Jungen schlüpfen. Unterdessen sucht das Weibchen nach Nahrung, genießt den kurzen Sommer. Sind die Jungen geschlüpft, führt der Vater sie ins Leben ein. Zeigt ihnen, was gefressen werden kann und was sie besser stehenlassen, zeigt ihnen ihr Revier und ihre Verwandtschaft, lehrt sie die Vorsicht vor den Feinden. Pit-pit-pit ruft die Mutter, und der Vater schwimmt stolz den Jungen vor, sitzt aufrecht auf dem Wasser, reckt den Hals und freut sich, seine alten Freunde wiederzusehen, die jeder auch drei, vier Junge hinter sich herlotsen.
Eine Laune der Natur? Oder doch der Beweis, daß das, was als natürlich verteidigt wird, auch nur Zufall ist, bloß festgewachsen?

Der Grüne hat heute seinen Tag. Im Kopf die Zahl der neuen Arten, die ihm hier, am Ende der Welt, erscheinen sollen, läuft er immer weiter: zu Odinshühnchen und Thorshühnchen und Dreizehenmöwen, zur Spatelente, Kragenente und vierzehn weiteren Entenarten, zu Bekassinen, Wasserläufern und nistenden Singschwänen, zum Goldregenpfeifer, zum Austernfischer, jedes Buch über Island zählt sie uns her, eine Reihe märchenhafter Geschöpfe. Die schwarzen Lavafelsen von Dimmuborgir als Ausweichprogramm für ornithologische Banausen, auch sie lassen ans Ende der Welt denken, an Zeiten, in denen nichts Menschliches mehr wäre, nur noch Steine und der Wind, der in den Abbrüchen seufzt.
Das Ende der Welt, Ragnarök, das wieder zu einem Anfang werden könnte, die Alten haben daran geglaubt, weil sie wußten, wie unausweichlich es zunächst auf das Ende zulaufen würde: «Schwarz wird die Sonne», heißt es in der Völuspá, der Weissagung der Seherin aus der Edda, «die Erde sinkt ins Meer, / vom Himmel schwinden die heiteren Sterne. / Glutwirbel umwühlen den allnährenden Weltenbaum, / die heiße Lohe beleckt den Himmel. // Da seh ich auftauchen zum anderen Male / aus dem Wasser die Erde und wieder grünen. / Die

Fluten fallen, darüber fliegt der Aar, / der auf dem Felsen nach Fischen weidet.»
Ein Paradies, wiedergeschenkt den Fehlbaren. Ein zweiter Versuch, die Menschen mit der Schöpfung zu versöhnen. Nicht alles Denkbare muß getan werden –

Still ist es hier. Wenn ich mich zwischen die Heidekrautbüschel drücke, die den steinigen Boden verwuchern, ist es fast nicht kalt. Manchmal ein Vogelschrei, sonst nur der Wind, der um die schwarzen Lavafelsen saust, böig zulegt und wieder abflaut, als habe er die Lust verloren. Der Himmel wird hell bleiben noch viele Stunden, bis neun Uhr, zehn Uhr abends, zäh drückt das Lic t gegen die Horizonte, kann sich nicht entschließen zu wachsen, nicht zu weichen. Graublau und weißlich. Ein Licht, in dem Geschichten wachsen.
Die Geschichte von Sigurd und Ingibjörg, zum Beispiel.

Da waren ein König und eine Königin in ihrem Reich, und als ihnen Kinder geschenkt wurden, waren es Zwillinge. Der Junge wurde Sigurd genannt, das Mädchen Ingibjörg. Und wie es Brauch war in dem Lande, lernten beide zu reiten, zu fechten, den Speer zu führen, das

Langspiel zu spielen und Recht zu sprechen, wie es das Gesetz befahl. Und es zeigte sich bald, daß Ingibjörg in allem ihrem Bruder überlegen war.

Es gab eine Sitte in jenem Land, daß immer das Tüchtigste der Königskinder die Macht übernehmen sollte, gleichgültig, ob es der Älteste oder der Jüngste war, ein Junge oder ein Mädchen. Und da sich Ingibjörg vor ihrem Bruder auszeichnete, wurde sie von ihrem Vater zum Mädchenkönig bestimmt.

Dem Bruder gefiel das schlecht. Zornig scharte er seine Männer um sich, aber es blieb ihm zuletzt doch nichts anderes, als aus dem Reich zu gehen und woanders sein Glück zu suchen. Beladen mit Gold und Waffen zog er davon, und als er aus dem Tor ritt, ballte er die Fäuste zum Himmel.

Auch der Königin mißfiel es, daß Sigurd in der Fremde sein Glück finden mußte. Er war ihr Liebling gewesen, und sie hatte vergebens versucht, seine Leistungen vor dem König besser zu machen, als sie waren, um ihm den Thron zu sichern. Als sie jetzt sah, daß die Sache entschieden war, wurde sie vor Ärger krank, und nichts konnte sie wieder zu Kräften bringen: sie wurde mager und blaß und lag schließlich auf dem Totenbett. Da rief sie ihre Tochter zu sich, hieß sie, sich niederzubeugen, und flüsterte ihr ihren Fluch ins Ohr: Nie wirst du wieder glücklich sein, bevor du nicht einen Mann umgebracht, ein Haus angezündet und unverheiratet ein Kind zur Welt gebracht hast. Ingibjörg erschrak: diese drei Dinge galten als die schlimmsten Verbrechen in ihrem Land.

Die Königin starb, und der König trauerte lange um sie. Ingibjörg aber lief herum, als sähe und hörte sie nichts. Keine Lust hatte sie mehr auf Ausritte und Fechtkämpfe, und niemand wußte, wie ihr zu helfen wäre.

Als es wieder Sommer wurde, kam eine Frau an den Hof des Königs, eine schöne Frau in einem blauen Kleid, und sagte, sie habe von der rätselhaften Krankheit des Mädchenkönigs gehört und wolle ihr gerne helfen. Dem König gefiel die Frau, die sich Hild nannte, und er sagte, es würde ihm wohl gefallen, wenn sie Ingibjörg wieder zu dem kräftigen, fröhlichen Mädchen machen würde, das sie gewesen sei.

Ingibjörg faßte bald Vertrauen zu der Frau im blauen Kleid, und eines Nachts offenbarte sie Hild den Fluch der Mutter. Hild schwieg und sah Ingibjörg lange an, dann sagte sie: Das ist nicht schwer zu lösen. Es wäre aber besser, wenn ich die Frau deines Vaters würde und so

immer bei dir sein könnte, bis die Aufgaben getan sind.
Und Ingibjörg wurde darüber ein wenig froh, und es war das erste Mal, daß man sie lächeln sah seit der Mutter Tod.
Hild blieb am Hof. Der König bemerkte wohl, daß seine Tochter ein wenig leichter ging mit ihrer Last, und er war der fremden Frau so dankbar, daß er sie lieb bekam. Ehe der nächste Sommer kam, bat er sie, seine Königin zu werden und die Stiefmutter des Mädchenkönigs, und Hild willigte ein. Ein großes Fest wurde gefeiert, und allen Gästen gefiel die neue Königin gut.
Am nächsten Tag setzte sich Hild zu Ingibjörg und sprach lange mit ihr, und so ging das eine ganze Zeit. Ingibjörg war schließlich bereit, wieder zu ihrem Vater in die Halle zu gehen, mit ihm und seinen Ratgebern zu sprechen über die Dinge, die zu tun waren im Reich. Und dem König schien, daß es seiner Tochter von Tag zu Tag ein wenig besser ging, auch wenn sich die dunklen Wolken um ihre Stirn nie ganz verzogen. Wieder nach ein paar Tagen ging Ingibjörg mit Hild sogar hinaus, sie ritten ein wenig, setzten sich hin und ließen die Sonne auf sich scheinen, und am Tag darauf gingen sie zusammen in die Stadt.

Der Sommer neigte sich seinem Ende zu. Hild und Ingibjörg hatten die Händler aufgesucht und Winterzeug gekauft: Wolle und Wachs und neue goldene Spindelrocken, und als sie heimwärts ritten, sagte Hild zu Ingibjörg, jetzt sei die Zeit gekommen, die erste Aufgabe zu erfüllen.

Aber Ingibjörg fürchtete sich, so etwas Schreckliches zu tun.

Es gibt keinen anderen Weg, antwortete Hild sanft: Hier in der Hütte, die du an der Wegkreuzung siehst, wohnt ein alter Mann, der sehr krank ist und gern sterben möchte. Wenn du ihn umbringst, tust du ihm ein Gutes.

Wie sollte ich so etwas Furchtbares tun können?

Er hat Schmerzen, und er ist oft in der Stadt und bettelt, um ein bißchen zu essen zu haben; wir wollen ihn hinausführen auf die Klippen über dem Fluß, da kannst du ihn leicht hinunterstoßen, und er hat seine Ruhe.

Ingibjörg wehrte sich noch eine Weile gegen die Tat, aber ihre Stiefmutter redete so lange auf sie ein, daß sie bald keinen Widerstand mehr hatte und sich mitgehen sah zur Hütte des Alten, sich anklopfen sah und den kranken Alten herauslocken hörte; ihn am Ärmel zur Klippe über dem Fluß führen und ihn in die

Tiefe hinabstoßen sah. Als hätte eine Macht die Hand auf sie gelegt und leitete sie, als wäre sie ein Stück Holz.
Am nächsten Morgen fühlte Ingibjörg sich leichter; sie verstand selbst nicht, warum der Mord an dem kranken Mann ihr keine Schuldgefühle gab. Hild lächelte, als sie einander begrüßten. Die erste Aufgabe war getan.
Wenig später bat Hild den Mädchenkönig eines Abends hinaus, und sie gingen, bis sie zum Schatzhaus des Königs kamen, es stand vor ihnen in seiner ganzen Pracht. Dieses Haus sollst du anzünden, sagte Hild und faßte Ingibjörgs Hand: Das Feuer wird wenig Schaden anrichten, Gold und Edelsteine verbrennen nicht, und du wirst deine zweite Aufgabe erfüllt haben.
Wie sollte ich etwas so Furchtbares tun können? antwortete Ingibjörg erschrocken.
Aber Hild wartete nur, bis ihr Widerstand sich gelegt hatte und sie mit der Fackel um das Schatzhaus ging und es an allen vier Seiten anzündete.
Niemand hatte die Frauen bemerkt, und am anderen Morgen wußte keiner, wer das Schatzhaus des Königs zerstört hatte. Ingibjörg aber fühlte sich leichter und leichter, obwohl die Schuld sie doch hätte drücken sollen

und die schwerste Aufgabe noch bevorstand. Es wurde Winter. Länger waren die Abende, die man in der Halle des Königs verbrachte, Geschichten erzählend, Geschichten hörend. Und eines Abends erzählte einer, den der König für den Winter bei sich aufgenommen hatte, daß er im Sommer Sigurd begegnet sei, dem Sohn des Königs, und daß Sigurd sich eine Frau genommen habe und daran denke, mit großem Heer zurückzukommen, um sich den Thron seines Vaters zu erkämpfen. Da stand Hild auf und zog Ingibjörg mit sich aus der Halle. Sie seien müde geworden, sagte sie zum König, sie würden sich hinlegen.
Als Hild mit dem Mädchenkönig allein war, sagte sie: Vieles hast du getan in der letzten Zeit, aber noch ist es nicht genug. Die dritte Aufgabe wartet auf dich, ich weiß, daß es die schwerste ist, aber an Aufschub ist jetzt nicht mehr zu denken.
Ingibjörg wurde blaß: Aber wie sollte ich etwas so Furchtbares tun, seufzte sie.
Geh hinaus, sagte Hild, und immer weiter nach Westen zu, bis du zu einem großen Haus kommst, dessen Türe nur angelehnt ist. Wenn du eintrittst, wirst du ein Bett sehen, und auch wenn Abscheu über dich kommt, so mußt du dich hineinlegen und den Mann, der darin

liegt, küssen. Drei Nächte sollst du bei ihm liegen – dann wirst du deine Aufgabe erfüllt haben.
Schweren Herzens machte sich Ingibjörg auf den Weg, sie fand das Haus, wie ihre Stiefmutter gesagt hatte, die Türe stand offen, und sie ging hinein. Sie sah das Bett, und darin lag ein schrecklicher Troll, dem die Haare aus der Nase und aus den Ohren wuchsen, und der schnarchte, daß die Wände zitterten. Ingibjörg erschrak, aber die Tür war hinter ihr zugefallen, und so blieb ihr nichts anderes, als sich zu dem Troll ins Bett zu legen. Er drehte sich zu ihr um und packte sie mit seinen starken Armen. Da küßte sie ihn verzweifelt auf den Mund, über den der Rotz lief, und als sie ihn geküßt hatte, schlug er die Augen auf und fing an zu reden.
Sieh an, sagte er und schüttelte sich vor Lachen: Da ist doch tatsächlich der Mädchenkönig zu mir gekommen! Dann drehte er sich um und schnarchte weiter.
Drei Nächte blieb Ingibjörg im Haus des Trolls, und nie ließ er sie aus seinem Bett. Aber als sie am dritten Morgen aufwachte, sah sie die Trollhaut vor sich liegen, geschrumpft und leblos lag sie auf dem Boden, und neben ihr im Bett lag ein schöner Mann. Schnell stand sie

auf und verbrannte die Trollhaut, und der Mann erwachte, reckte und streckte sich und dankte ihr für seine Erlösung. Da sprang auch die Tür des Hauses wieder auf und Ingibjörg rannte hinaus, rannte ostwärts, so schnell sie nur konnte, und gelangte bald zurück in das Schloß ihres Vaters. Leicht war ihr, unendlich leicht, obwohl sie spürte, wie neues Leben sich in ihr zu regen begann.

Ingibjörg schloß sich in ihrem Zimmer ein und freute sich auf ihr Kind, und Hild war oft bei ihr und beruhigte den König mit allerlei Ausreden, weil Ingibjörg sich ihm entzog. So wurde es wieder Sommer.

Eines Tages meldeten die Wachen, ein großes Heer ziehe auf das Schloß zu: an der Spitze Sigurd, der Königssohn, entschlossen, zu siegen oder zu sterben. Schnell rief der König seine Leute zusammen und ließ sie einen Riegel bauen um das Schloß; Sigurds Männer aber rannten so heftig dagegen an, daß bald keine Hoffnung mehr war.

Da trat Hild hinaus vor das Tor und hieß die Kämpfenden einhalten: ob es nicht besser wäre, den Streit zu schlichten, sich zusammenzusetzen in der Halle und über die Macht mit Worten zu fechten? Aber Sigurd und seine Männer lachten nur: zu heiß brannte der

Zorn, als daß ein paar Worte ihn hätten kühlen können.
So ging der Kampf weiter, und es schien, als trüge Sigurd den Sieg davon, als auf einmal von Westen her ein Troß gezogen kam. Eine große Schar prächtig gerüsteter Krieger ritt heran, an ihrer Spitze ein Mann in goldener Rüstung auf einem Rappen, der ausgriff, als hätte er acht Beine. Sigurd und seine Leute ließen die Waffen sinken: erschöpft waren sie mit einem Mal und verängstigt durch den plötzlichen Zuwachs an Gegnern. Der fremde Troß ritt heran und stellte sich vor das Tor des Schlosses: zu Ende sei der Kampf, rief der Mann in der goldenen Rüstung, gesiegt habe der König, und Sigurd solle sich ergeben.
Sigurd und seine Männer legten ihre Waffen ins Gras. Stille senkte sich über das Schloß. Und in der Stille hörte man das laute Weinen eines Neugeborenen – in diesem Moment hatte Ingibjörg ihr Kind geboren, und es war ein kräftiges Mädchen.
In der Halle wurde gegessen und getrunken. Auf der einen Seite saß Sigurd niedergeschlagen im Kreis seiner Kämpfer, auf der anderen Seite der König mit Hild, die lächelte, als wäre der Himmel ihr offen. Und durch die Tür trat kurz darauf der fremde Ritter, Ingibjörg ne-

ben sich, die auf dem Arm ihr Kind trug, und die goldene Rüstung warf den Schein des Feuers zurück und blendete aller Augen.
Ich bin der Vater des Kindes deiner Tochter, sagte der Fremde zum König und beugte sein Knie, ich bitte dich um ihre Hand und fordere von dir, daß Ingibjörg jetzt Königin werde in deinem Reich, wie es ihr zukommt und versprochen ist.
Unfähig zu antworten starrte der König auf seine Tochter, das Kind, den Mann. So sprach Hild an seiner Stelle:
Sei willkommen, Fremder, sagte sie und hob ihren Becher, und als alle getrunken hatten, fing sie an zu erzählen. Sie berichtete vom Fluch der toten Königin, von den drei Aufgaben, die Ingibjörg auferlegt waren, und wie sie erfüllt worden seien, und sie schloß, noch immer stehend, den Becher erhoben, mit der Forderung an den König, Ingibjörg in ihre Rechte einzusetzen und dem Fremden zur Frau zu geben.
Was blieb dem König da anderes, als ihr zuzustimmen? Auch wenn ihn aus der Ecke, wo sein Sohn saß, finstere Blicke trafen. Er stand auf, ging zu Ingibjörg und setzte ihr seine Krone auf den Kopf.
Ingibjörg aber lächelte nicht. Sie legte die

Tochter, die sie trug, in ihres Mannes Arme und nahm die Krone wieder vom Kopf. Nicht scheint es mir wünschenswert, sagte sie, zu herrschen über ein Land, das so durchzogen ist von Schuld und Fluch. Ich bin der Mädchenkönig, und ich bleibe es auch – regieren aber möchte ich ein anderes Reich als dieses. Sigurd wird hier an meiner Stelle sitzen: er paßt besser als ich auf einen Thron aus Holz in einem Schloß aus Stein.
Und obwohl alle ihre Entscheidung unklug fanden, gelang es keinem, sie umzustimmen. Da ging der alte König mit seiner Krone zu seinem Sohn und setzte sie diesem auf den Kopf. Und Sigurd erhob sich und sprach zu seiner Schwester: Ich danke dir für deine Worte. Nicht zu gut bin ich mir, auf dieser Welt zu herrschen, ich will gern König sein – auch wenn es bitter ist, die Macht geschenkt zu bekommen aus Frauenhand. Aber die Menschen vergessen schnell. Und damit war es entschieden.
Nicht viel mehr ist zu erzählen, als daß Ingibjörg wegzog mit ihrem Mann und ihrem Kind, westwärts gingen sie und kehrten nie mehr zurück. Es gibt Leute, die sagen, sie hätten sie in der Erde verschwinden sehen, andere behaupten, durch die Lüfte wären sie weggeflogen.

Und es geht die Kunde, daß sie glücklich gewesen sind bis an ihr Lebensende.

Ich stehe auf. Beide Beine sind mir eingeschlafen, die Füße ganz kalt, der Rücken steif. Die Geschichte habe ich mir aus zwei isländischen Volksmärchen zusammengeträumt. Merkwürdig, daß ich dem Mädchenkönig Ingibjörgs Namen gegeben habe, jener norwegischen Königstochter, die Kjartan das golddurchwirkte Tuch schenkte. War es nicht ihretwegen, daß Kjartan über die versprochene Zeit hinaus zögerte, zu Gudrun zurückzukehren? Ihr Nachricht zu geben vergaß, und wäre es über Bolli gewesen.
Fröstelnd gehe ich zum Weg hinunter. Absurd die Vorstellung, daß sie zu Hause jetzt unter Sonnenschirmen sitzen und von kühlen Duschen träumen. Ebenso absurd wie die Tatsache, daß dreißig, vierzig Kilometer östlich von hier in der Lavawüste die amerikanischen Astronauten für die Mondlandung trainiert wurden. Wo steht der Bus? Wann soll er losfahren? Unheimlich der Gedanke, allein zurückzubleiben am Rand der Zeit.

«WAS GETAN WIRD / während die Hände noch zittern / vor Empörung / vor Zorn / ist vielleicht nicht das Größte / und nicht für die Ewigkeit // Es ist viel zu / dringend, um die Worte zu wählen / Es ist viel zu / mächtig, um sich in Grenzen zu fügen / Es hat viel zu / lange gewartet / als daß es noch aufzuhalten wäre // Wir können uns nicht leisten / es zu lassen.»
Rache. Das Recht auf Vergeltung: in Island damals nichts Ungewöhnliches – allerdings besorgten das meistens die Männer. Frauen holen höchstens zu einem Einzelschlag aus oder begnügen sich mit Hetzen, Sticheln – Gudrun geht als einzige systematisch vor: reizen, ärgern, hetzen, zum Mord anstiften, töten lassen.
Die Laxdoela Saga, diese breite, viele Generationen umspannende Familienchronik, lebt von Konflikten, die, dreimal, zwischen Brüderpaaren oder Halbbrüdern entstehen. Zuerst sind es Höskuld und Hrut, die sich um ihr

Erbe zanken; in der folgenden Generation sind es Olaf und Thorleik, der uneheliche und der eheliche Sohn von Höskuld, die sich um ihres Vaters Güter und Machtposition streiten; und wieder eine Generation später sind es Kjartan und Bolli, die Halbbrüder, die Freunde, die sich über Gudrun entzweien. In den ersten zwei Generationen ist ein Vergleich noch möglich: es geht um materielle Güter, darüber lassen sich Verhandlungen führen, die lassen sich teilen – außerdem sind Hrut und Olaf, je eine der Parteien also, außergewöhnlich nachgiebig. Mit Ausdauer suchen sie den Vergleich. Der dritte Konflikt aber, der zwischen Kjartan und Bolli, eskaliert. Es geht nicht mehr um Güter, es geht um Gefühle. Und vor allem: das Streitgut mischt sich ein. Gudrun hat nicht die Absicht, die Auseinandersetzung den beiden Männern zu überlassen; im Gegenteil: sie selber zettelt an und schürt.

Das männliche Muster des Vergleichs, der Versöhnung mithilfe genauer und regelgläubiger Verhandlungen, regelnder Voraussicht auch (im festen Glauben, daß eine Ordnung Grund genug sein wird, sich daran zu halten), wird in dieser Saga außer Kraft gesetzt durch das weibliche Muster des Aufruhrs. Ordnende Regelungen, die Knechtschaften sind, werden

gewaltsam durchbrochen, auch um den Preis größter eigener Verluste.
Höskuld hat Jorun und Melkorka noch auseinanderhalten können: jede bekam ihren Bereich, konnte ihren Stolz vor sich und der Welt aufrechterhalten. Kjartan aber kann die Katastrophe nicht verhindern, wahrscheinlich schätzt er Gudrun doch falsch ein, meint, sie wäre wie alle anderen in die Knie zu zwingen von den Verhältnissen, von Tatsachen, die sich nicht mehr ändern lassen. Ergäbe sich schließlich, liebte das Leben genug, auch das eigene, und schreckte vor dem zurück, was nicht nur Kjartan das Allerunweiblichste zu sein schien. Töten.
Klytämnestra, Medea, Gudrun.
Wer würde noch an diese Frauen denken, wenn sie gewesen wären, wie sie hätten sein sollen: demütig zurücktretend vor der Übermacht unveränderbarer Fakten, vor der Rivalin, sich sorgfältig schmückend, um die Bitterkeit zuzudecken, sich die Verzweiflung wegschminkend, weglächelnd, um den Mann vielleicht doch zurückzugewinnen, das Schicksal zu beugen. Als wäre Liebe wirklich nur ein Wettstreit, wäre zu gewinnen und wiederzugewinnen durch äußerste Beherrschung. Wer ist die Schönste, wer ist die Beste, wer bietet dem

Umkämpften, dem begehrten Mann, am meisten.
Doch warum soll eine Frau nicht grausam sein dürfen? Warum ist denen, die Leben geben können, weniger als den anderen zuzutrauen, Leben auch zu nehmen? Wenn sie doch vielleicht genauer wissen, was Leben ist: Schmerz und Ausgesetztsein im Grunde. Sind nicht auch die drei Nornen Frauen, die unter den Wurzeln der alten Esche Yggdrasil Stäbe schneiden und Lose legen, das Leben der Menschen bestimmen, Glück und Fluch? Warum ist uns eine Menschenfrau so schrecklich, die tötet?
Frauen, denken wir, sollten wohl bescheidener umgehen mit ihrem Leben, gerade weil sie der Liebe leichter unters Joch geraten als Männer. Schließlich haben sie nicht viel anderes an Möglichkeiten, sich aufzuschwingen, schließlich tragen sie auch endgültiger die Konsequenzen aus. Obwohl ihnen der Traum, auf Flügeln von Gefühlen wegfliegen zu können aus der Enge des Vorgezeichneten, größer erscheinen muß als den Männern, sollten sie, denken wir, nicht hoffen, daß die Welt ihretwegen einen Riß bekommen könnte.
Die Ordnung ist wichtiger als Gefühle: alle Frauen in der Laxdoela Saga bekommen das zu spüren. Die einen geben auf, die anderen

richten sich ein. Nur Gudruns Verliebtheit ist nicht zu heilen.
Ihre Liebe ist nicht von vernünftiger Art, nicht von irdisch-isländischem Maß. Einmal geweckt, ist sie nicht mehr zu begrenzen, auch wenn feststeht, daß sie keine Chance haben wird, daß sie ihr Verderben wird.
Liebt Kjartan weniger als Gudrun? Oder liebt er nur anders?
Es gibt fast am Schluß der Laxdoela Saga eine kleine Szene mit der alten Gudrun. Bolli Bollason, ihr Drittgeborener, besucht sie und will wissen, welchen ihrer vier Ehemänner sie am meisten geliebt habe. Gudrun weicht aus. Sie spricht von allen vieren mit freundlicher Distanz, nennt den einen den Mächtigsten, den anderen den Tüchtigsten, den dritten den Klügsten, aber Bolli gibt sich damit nicht zufrieden.
Damit ist noch nicht gesagt, Mutter, beharrt er, wen du am meisten geliebt hast. Du sollst es mir nicht länger verschweigen.
Und Gudrun gibt zögernd ihr Geheimnis preis. Dem ich das Schlimmste antat, den liebte ich am meisten, sagt sie leise, und Reue ist nicht in ihrer Stimme, vielleicht so etwas wie Müdigkeit. Bolli zweifelt keinen Augenblick, daß sie an Kjartan denkt.

Die Liebe von Gudrun zu Kjartan ist von anderer Art gewesen als die vielen Verbindungen und Ehen, die in der Saga beschrieben werden. Es war Absolutheit darin und also Grausamkeit. Nicht einmal solche Liebe bringt Dinge zusammen, die ungleich sind und getrennte. Nur einen Traum lang kann der Mensch das hoffen. Sie hat nichts gemein mit ihrer häuslich vernünftigen Form, ist erhaben über Hände und Ringe und lacht verwegen über alle Gebote.

Und sie ist bereit zu töten, angstlos, frech, sich oder den Geliebten, und beides ist dasselbe.

KENNST DU HALLA? fragt Anna Sigurdardóttir, die über Achtzigjährige. Sie steht im Flur ihrer mit Büchern, Karteien, Kisten verstellten Wohnung, dem von ihr aufgebauten historischen Frauenarchiv Islands.
In jedem Zimmer ein Schreibtisch, eine Schreibmaschine, es gibt für sie nichts außer ihrer Sammlung, am liebsten würde sie mich bei sich behalten, mir alles zeige , was sie zusammengetragen hat, und aufzählen, was noch fehlt. Das Telefon läutet, die Bibliothekarin, die Anna angestellt hat, kommt und braucht Auskünfte. Willst du Kaffee trinken? fragt Anna und räumt mir einen Platz frei am Küchentisch.
Kennst du Halla? fragt sie. Auch sie war eine Mörderin, Halla, die Frau von Fjell-Eyvindur, dem Geächteten. Sie ist mit ihm gegangen, als er floh, in die Berge, in die kalte Einsamkeit im Norden, auch eine Laxá fließt dort, wenn du das wissen mußt. Sie hat zu ihm gehalten fast

zwanzig Jahre lang und hat die Kinder umgebracht, die sie ihm gebar, damit sie das Versteck nicht verrieten und die Fluchten nicht aufhielten. Böse und grausam nennen die Leute sie; Eyvindur dagegen ist ein großer Held, Islands Gedächtnis hält viel von ihm. Wie hat er die schreckliche Halla nur lieben können, die häßliche, er, der mutige Kämpfer, der uneinholbare Läufer, er, der feinfingrige Mann, der Gefäße aus Sumpfgras und Weidenzweigen zu flechten verstand, Becher und Körbchen, so genau und dicht, daß sie das Wasser hielten. Im Nationalmuseum kannst du noch zwei davon sehen.

Halla. Nur ein Kind habe sie am Leben gelassen, ein blondes Mädchen, das Eyvindur ins Herz geschlossen hatte. Vier oder fünf Jahre lang sei es mitgezogen, habe in den dunklen Höhlen gehaust, in die sie sich vor Schnee und Eis verkrochen, aber als die Bauern im Frühling wieder den Unterschlupf entdeckten, einmal zuviel, da mußte auch dieses Kind sterben. Halla habe es genommen und in einen Abgrund gestoßen, blind vor Tränen vielleicht, aber doch die Hände hart genug, das Kind loszulassen für immer.

Kennst du Halla? Alle Bauern wissen noch von ihr, frag sie, wenn du im Nordosten bist.

Schreckliche Geschichten, auch wenn sich manche gegenseitig ausschließen. Zweihundert Jahre ist es her.

Ich staune nur wenig, als ich merke, daß Halla einer ganz anderen Zeit entstammt als Gudrun: was macht das aus? In diesem Land, wo Vergangenheit offenbar immer lebendig bleibt, wo ein Leben nicht wirklich verlöscht mit dem Tod, sondern weiterexistiert, als Spur, als Traum. Wo Orte und Landschaften konkreter sind als Zeiten. Jahre und Jahrhunderte fallen zusammen im Gedächtnis dieses Landes, vielleicht weil es so weit ist und menschenleer? Hat mir nicht Anna, als ich sie noch nicht kannte, erst Briefe wechselte mit ihr, ein Foto geschickt, das beinahe vierzig Jahre alt war? Ein Familienbild aus dem Jahr 1953, sie selbst darauf mit ihrem Mann und ihren Kindern, umrahmt, wie sie auf der Rückseite sorgsam vermerkte, von einer Arelia rechts und einer Zimmerpalme links. Das passendste Bild vielleicht, das sie von sich denken konnte, oder vielleicht das einzige, das gerade da war. Aber weder Begründung noch Bedauern dazugeschrieben – war sie nicht dieselbe Frau wie die auf dem Bild? Was sind vie zig Jahre auf einem Gesicht, und was können auch tausend Jahre nicht ungeschehen machen.

Ich staune auch nicht, als Anna sagt, Halla sei eine Wiedergängerin. Weil sie nicht gut war, muß sie auf der Erde bleiben in dieser und jener Gestalt, die Menschen um Verständnis bitten und um Vergebung. Warum sollte die Durchlässigkeit der Grenzen nur für die Zeit gelten, nicht ebenso für alle Formen irdischer Existenz? Ist ein Baum tot? Ist ein Stein lebendig? Und was ist mit den Unsichtbaren, den Trollen und den Alben, den kleinen Wichten und den Mächten im Berg, im Wasser, im Sturm, für die wir nicht einmal Namen haben in unserer Sprache, so sehr mißachten wir sie. (Nur in der Mundart leben sie verschämt weiter: Toggeli, Türst und Ärdmannli.) Als lebten wir in einer Welt, die nur aus der Vorderseite besteht, die sie uns zukehrt.
Warum sollte Halla also nicht auch Gudrun begegnen, obwohl sie im achtzehnten Jahrhundert gelebt hat und nicht im zehnten und elften?

Der historische Eyvindur, Hallas Held, ist 1714 geboren, lese ich in einem Buch, das von Hallas Umgehen erzählt. Ein Fluch habe auf ihm gelastet, der ihn zwang zu stehlen, wie arm die Leute auch waren, unter denen er sich aufhielt. Und als er dann noch die Tochter

eines Bauern schwängerte, erklärte ihn das Thing für vogelfrei, und er floh zu den Friedlosen.
1747 begegnen sich Eyvindur und Halla zum erstenmal. Halla ist verwitwet. Eyvindur versteckt sich auf ihrem kleinen Hof, der nach dem Tod des Mannes immer mehr verkommt. Er macht sich nützlich, wird wichtig für sie und für das Hauswesen, und Halla beginnt ihn zu lieben, obwohl sie am Abend des ersten Tages Raben über dem Hrafnfjord kreisen sah: Raben bedeuten Unglück, sie sind die späten Nachfahren von Hugin und Munin, Odins Botschaftervögeln. Aber Hallas Liebe setzt sich über die Vorsicht hinweg. ie nimmt Eyvindur auf, erst in den Stall, dann in ihr Bett, und sie fragt ihn nicht nach seiner Vergangenheit.
Doch der Fluch lastet noch immer auf Eyvindur.
Halla und Eyvindur sind verheiratet, sie haben schon drei Kinder, da bringt er eines Tages in seiner Herde fünf fremde Schafe mit. Es sind Schafe des Pfarrers, Halla erkennt es am Brandmal. Sie schreit ihn an: sofort solle er die gestohlenen Tiere zurückbringen, er habe kein Recht, das Schicksal zu reizen, stürze sie mit seinen Diebereien noch alle ins Unglück. Der

Mann aber ist zu müde, um zu streiten. Er ißt, er legt sich hin und schläft bald tief. Halla bringt es nicht fertig, ihn zu wecken.
Da holt sie den Hütejungen von seinem Lager und treibt mit ihm nachts die fünf Schafe um den Fjord herum zurück. Sie schließt sie ein im Stall des Pfarrers. Um den Rückweg abzukürzen, beschließt sie, über den Fjord zu laufen, aber das Eis ist noch dünn, es bricht ein, und das Meer saugt Halla und ihren Knecht in die Tiefe. Halla kann sich retten, sie ist leicht, und die Verzweiflung macht sie stark. Der Junge aber ertrinkt. Sie helfe also nicht nur ihrem Mann beim Stehlen, sagen da die Leute. Jetzt habe sie auch noch den Knecht umgebracht, den Zeugen, den Mitwisser.
Eyvindur soll an die Obrigkeit ausgeliefert werden, das Herumgelichter soll ein Ende haben. Das würde Zuchthaus bedeuten im fernen Dänemark, gemeines Absterben; da will er doch lieber in die Berge verschwinden, die nichts fragen und nichts nachtragen.
Halla wird mitgehen, fraglos. Ihr Leben hat sie längst an seins gehängt, zu spät jeder Versuch, Vernunft und Bequemlichkeit zwischen sie und ihn zu schieben.
Das hat noch keine Frau ausgehalten, warnt Eyvindur.

Ich komme mit, antwortet Halla. Mehr gibt es darüber nicht zu sagen.
Du wirst ein Klotz sein an meinem Bein! schreit Eyvindur. Und die Kinder? Hast du die vergessen? Was wird aus unseren Kindern?
Für die wird der Pfarrer auf Stadur schon sorgen müssen, schreit Halla zurück. Das ist immer noch besser, als aufzuwachsen mit einem schlechten Ruf!
1752 oder 1753 wird es gewesen sein, als sie loszogen. Halla hatte Geräte und Vorräte gepackt, hatte den Kindern Nahrung und Weisung zurückgelassen, sie schliefen unter ihren Fellen, als sie sich stumm von ihnen verabschiedete. Eyvindur aber brach beim Anblick der Kinder in Schluchzen aus und weckte damit Gudrun, die Jüngste. Sie hängte sich an seinen Hals, und Eyvindur brachte es nicht fertig, ihre Arme zu lösen, sie zurückzuweisen. Also kam Gudrun mit. Sie wird drei, vier Jahre alt gewesen sein.
Der Mann, die Frau, das Kind. Eyvindur hat aus Felsbrocken und Rasenziegeln einen Unterschlupf gebaut, da kriechen sie nachts hinein und legen sich zwischen die Felle. Halla kocht auf einer heißen Quelle, sie sammelt Beeren und Flechten, Baumpilze, Wurzeln und Vogeleier, Federn zum Ausstopfen der

Kleidung, sie trocknet Gras, um die Ritzen in der Tür zu dichten. Eyvindur zieht in der Gegend umher und versucht, ein verirrtes Schaf oder einen Fuchs zu erlegen, einen Schwan, eine Gans, auch wenn nicht Mauserzeit ist, oder eine Forelle zu fangen, einen Lachs; manchmal kommt er erst nach zwei Nächten wieder, oft sind seine Taschen leer. Und Gudrun? Sie spielt vielleicht mit Steinen, die Schafe sein sollen oder ihre Geschwister, die jetzt beim Pfarrer auf Stadur lernen, Gott im Himmel zu ehren und tüchtig zu arbeiten. Eyvindur war zwar auch getauft und konnte ein paar Psalmen singen, gottesfürchtig war er nicht. Und mit Thor und Odin wollte er es auch nicht verderben.
Aber weder die alten Götter noch der neue tun etwas, die Bauern fernzuhalten von Eyvindurs Unterschlupf. Zwar sind die Zeiten schlecht wie nie zuvor – ausgehungert ist das Land, von Krankheiten und Naturkatastrophen heimgesucht, die Regierung in Kopenhagen überlegt allen Ernstes, den kleinen Rest des isländischen Volkes auf die Halbinsel Jütland zu evakuieren – doch die Übeltäter werden trotzdem gejagt. So arm ist eine Zeit wohl nie, daß sie Gnade hätte für die, die fehlten. Recht muß Recht bleiben, schreien die Bauern, und

sie entdecken Eyvindurs Unterschlupf bei Hveravellir, später vertreiben sie Eyvindur und Halla und Gudrun auch aus ihren anderen Verschlägen, den immer hastiger, immer nachlässiger in die Erde gekratzten Höhlen.
Einmal versteckt sich die Familie in unterirdischen vulkanischen Löchern, dann wieder hingekauert in einer Felshöhle am Berghang, neben einer Quelle, dort sind schon andere Flüchtlinge untergekommen, Vertriebene, Gesuchte wie sie, aber auch zusammen halten sie den Verfolgern nicht stand.
Was sollen sie ausrichten gegen den Haß der Gerechten? Weiterstolpern. Was zählt, ist die Kraft, auf den Beinen zu bleiben, immer wieder aufzubrechen, weiterzuziehen mit immer ärmeren Körpern, immer löchrigerem Gerät, verschlissen bis an die Seele, wo der Trotz hockt und ein wilder Mut, nach dem keiner fragt.
Im Hungerwinter bringt Halla wieder ein Kind zur Welt, welk liegt es in ihren Armen, aus ihren Brüsten kommt nicht ein Tropfen Milch. Ist es nicht Gnade, wenn sie es aussetzt hinter den Felsen? Es einem schnellen Tod überläßt, wo es doch keine Chance hat zu leben? Sie bettet es zwischen die Granitblöcke, bedeckt es mit Eisklumpen, sollen die Raben es nicht finden, bevor es seine Seele hat wegat-

men können. Kindermord, schreien die Christen in ihren windstillen Kirchen und zeigen drohend auf Halla: sündig ist sie bis in alle Ewigkeit.
Erst als auch Gudrun, sie wird acht, vielleicht zehn Jahre alt sein, stumm wird und einfällt, erst als auch sie dem Hungertod entgegenzudämmern beginnt, verwünscht Halla ihr dummes Herz. Was hat sie sich einbilden können, in den Bergen wäre eine Freiheit zu finden, die auf den Höfen niemand zu geben bereit war? Wie hat sie die grausame Gleichgültigkeit vergessen können, mit der Stein und Eis, Wind und Nacht und Schnee allem begegnen, was sich aus den Häusern locken läßt? Gudrun liegt mit großen Augen, schaut ins Leere, Eyvindur hockt neben ihr und singt ihr die Psalmen vor, die sein Kopf noch behalten hat, während Halla laut und wütend in dem Unterstand herumfuhrwerkt und schimpft, weil Eyvindur nichts unternähme gegen die Not, gegen den Tod, wo sie doch selber weiß, daß es nichts mehr zu tun gibt. Und trotzdem von den Frühlingsforellen schwatzt, die das Kind wieder kräftigen könnten. Das rohe rosarote Fleisch würde sie bröckchenweise vorkauen und Gudrun zwischen die Lippen schieben, würde sehen, wie die Wangen des Kindes einen

Hauch neuer Farbe bekämen und die Pupillen wieder einen Halt – aber der Frühling ist weit, es schneit, als falle alles Überirdische in Flocken auseinander.
Da verflucht sie Gott und schreit Eyvindur an, er solle sein Kind nicht so leiden lassen, er solle es hinaustragen in die Felsen, damit seine Seele endlich wegfliegen könne. Er aber steckt nur den Kopf zwischen die Knie. Und wieder muß Halla das Schreckliche tun, wieder ist sie es, die das Kind tötet. Erlöst.
Sie hebt das Kind auf ihre ausgestreckten Arme, es ist leicht wie ein gerupfter Vogel, und trägt es bis zu der Felskluft, die den Hang mit ihrem Unterschlupf trennt von einem schräg abfallenden Schneefeld. Halla trägt das Kind und widersteht dem Wunsch, es noch einmal an sich zu drücken; sie hält den Körper über die Spalte und zieht dann ruckartig die Arme zurück. Es sieht aus, als schwebe das Kind noch einen Augenblick, bis es in der Tiefe verschwindet. Zu hören ist nichts als ein feuchtes Rutschen: so, als löse sich ein kleines Schneebrett und staube ein paar Meter zu Tal.
Das Kind hatte die Augen geschlossen. Diese Gewißheit nimmt Halla mit zurück in ihre Behausung, in der Eyvindur immer noch hockt und vor sich hinsummt, als gäbe es auch

Psalmen, die Tote ins Leben zurückholen.

Nein, Hallas Schicksal läßt sich mit Gudruns kaum vergleichen. Die ausgemergelte, geifernde Gestalt, die wie ein Tier um ihren Unterschlupf schleicht und unter Eis und Schnee nach Moos und Flechten gräbt mit blutverkrusteten Fingerkuppen, sie ist keine stolze Töterin wie Gudrun aus der Zeit der Jahrtausendwende. Hat nicht diesen Ehrgeiz, die Welt unter ihr Gesetz zu zwingen. Aber beide vergessen nichts und vergeben nichts und schonen niemanden, auch nicht sich selbst. Und beide, denke ich, pfeifen auf die Verwünschungen von Mitwelt und Nachwelt, wissen, daß keine andere Möglichkeit war, als zu handeln, wie sie handelten.
Halla und Gudrun: beide bestimmt durch eine Liebe, die Vorsicht und Vernunft vergessen läßt. Wieviel radikaler erscheint Halla uns als Eyvindur, der besungen wird als Held und Fingerkünstler, Eyvindur, der sich flennend reibt an Hallas knochigem Leib, ihren schlaffen Brüsten: er wird die zwanzig Jahre, die seine Acht dauert, überleben. Weiß er, wieviel er Halla verdankt? Ihr, die die dreckigen Geschäfte auf sich nimmt, nicht nur das Töten, auch das Verabscheutwerden, und ihm das

Helle überläßt, das Gute. Schon als die beiden eingesperrt waren im leeren Schafstall des Halldór Jakobsson auf Fell, wußte Eyvindur daraus Nutzen zu schlagen. War gesprächig und umgänglich, machte Astrid, Halldórs Frau, schöne Augen, wenn sie das Essen brachte; schnitzte ihr feinverzierte Holzlöffel und flickte die zerrissenen Körbe, während Halla stumm und verkniffen auf ihrem Strohhaufen saß.

Eyvindur wurde, unter Aufsicht, schließlich ins Freie gelassen, konnte mithelfen beim Melken, beim Wegebau, sonntags nahmen Halldór und Astrid ihn mit zum Gottesdienst. Halla blieb zurück und verstand nicht, was Eyvindur sich von einem Gott erhoffen mochte, der sich versteckthielt zwischen bemalten Wänden. Erst, als sie aus der plötzlichen Aufregung draußen, dem Laufen und Rufen und Schimpfen schloß, daß er wohl entwischt sein mußte, das Gotteshaus nur als Fluchtpunkt gebraucht hatte, erst in diesem Augenblick verstand sie ihn. Aber da war es zu spät. Da wurde sie schon weggebracht auf einen anderen Hof, Eyvindur sollte sie nicht mehr finden, ein Held sollte er sein dürfen ohne seine Hexe.

Eyvindur und Halla haben sich nie mehr gesehen.

Eyvindur floh weiter, und weil er radschlagen konnte, selbst über Gletscherspalten setzte so, entkam er noch den schnellsten, klügsten Verfolgern. Jetzt, wo er auf niemanden mehr Rücksicht nehmen mußte.
Halla dagegen wurde von einem Hof zum nächsten verfrachtet, keinem Bauern behagte es, sie lange bei sich zu haben. Ihr krummer Körper, die hitzigen Augen, das lästerliche Maul, schwarz vom Tabak, den sie kaute und schluckte, so oft sie ein Stück ergattern konnte – sie jagte selbst denen einen Schrecken ein, die sich ohne Schuld wußten. Halb um die Insel ging ihr Weg, Eyvindur hätte ihr gar nicht folgen können, ohne Pferd, ohne Schiff. Er muß aber versucht haben, sie wiederzufinden, sie zu sich zu holen, Halla glaubte daran, was hielt sie sonst noch am Leben.
Als auf dem Thing über Hallas Verbrechen beraten wurde, saß sie dabei, stumm und mit erfrorenem Gesicht. Nur einmal sprang es auf: als die Männer zugeben mußten, daß für die Morde an den Kindern alle Beweise fehlten. Mit bloßen Anschuldigungen aber konnte das Gericht sich nicht zufriedengeben, für eine Verhaftung reichten die nicht aus. War es ein Sieg? War es nicht doch eine Strafe, daß man sie auf einem Hof einquartierte, der weit weg

lag vom Hrafnfjord, ihrer alten Heimat, und sie anwies zu arbeiten, was der Bauer ihr befahl? Man hoffte wohl, sie würde so zurückfinden in die Welt der Ordnung, der geregelten Verhältnisse. Halla schickte sich in ihr Los, arbeitete aber nur, wenn es ihr paßte. Meist trieb sie sich auf den Weiden herum und redete mit den Tieren; man ließ sie in Ruhe.

Ihr Haar war jetzt struppig weiß, und Zähne hatte sie oben fast keine mehr.

Im Herbst sagte sie an einem milden Abend: Jetzt müßte es schön sein in den Bergen.

Sie war von der Tür nicht wegzubekommen. Rotes Sonnenlicht bestrich selbst die Gletscher mit sanftem Schmelz, der Himmel war weit und lockend, der Frost erst zu ahnen. Am anderen Morgen war sie verschwunden. War es im Herbst vor jenem Jahr, in dem Eyvindurs zwanzigjährige Strafe auslief?

Halla verschwand, und ihre Spur verlor sich in den Bergen. Im Sommer darauf fand ein Hirte nach der Schneeschmelze eine weibliche Leiche in einem Tal, das nach Norden hin lag: einen halbzersetzten Körper am Fuß einer Steilwand, unter zwei tote Schafe gekrallt. Wenn es Halla gewesen ist, dann muß einer der ersten Herbststürme sie überrascht haben auf ihrem Weg, und sie hat vergebens ver-

sucht, sich mit der lebendigen Wärme der Tiere vor dem Erfrieren zu retten.
Eyvindur aber kehrte zurück. Zerlumpt, erschöpft und verlegen grinsend tauchte er am Hrafnfjord auf, und die Bauern rechneten staunend die abgebüßten Jahre nach. Auf dem Hof, den er mit Halla bewohnt hatte, lebten jetzt seine Kinder. Der Giebel stand aufrecht, und im Stall war wieder eine Kuh. Eyvindur wurde aufgenommen wie ein Held. Astrids Worte über ihn hatten die Runde gemacht durch die Talschaften, Eyvindur war gewachsen darin, und man war froh, daß er Halla nicht mehr bei sich hatte.
So gerecht ist die Welt, sage ich zu Anna: aber wer eine Hexe braucht, der findet sich eine. Und wer einen Helden braucht, der findet sich auch den. Warum gibt es kein männliches Wort für Hexe? Und warum klingt uns das Wort Heldin so schnell ironisch?
Ach, sagt Anna: warum fragst du, wenn du es weißt.

ES GIBT NOCH eine andere Fassung vom Schluß der Halla-Geschichte: Halla sei zurückgekehrt an den Hrafnfjord, lange Jahre, nachdem Eyvindur schon gestorben war und begraben. Im Jahre 1783 sei es gewesen; Erdbeben schüttelten den Norden der Insel, die Vulkane brachen aus, die Menschen flüchteten sich schreiend in die Kirche, drängten sich zusammen im engen, aus Holz gezimmerten Raum, lange hätte auch der ihnen keinen Schutz geboten.

Halla war nicht zu bewegen, mit in die Kirche zu kommen, ein paar Frauen haben es versucht, doch sie riß sich los und kauerte sich zwischen die Gräber. An der Stelle, wo Eyvindur lag, hockte sie sich hin, vielleicht war sie auch taub, daß nichts mehr sie ängstigte? Sie streckte die Arme, die Fäuste gegen den Himmel. Odin rief sie an und seine Kraft, schrie nach seiner Hilfe, verfluchte den Christengott und seine gleichgültigen Heiligen, ihre Stim-

me war durch die Kirchentür zu hören, die sich hinter den vielen Menschen nicht mehr ganz schloß.
Und auf einmal fiel das Getöse in sich zusammen, die Erde schwang zitternd aus, und die rotschwarze Lava hielt ein. Dampf kam über die versengten Matten gekrochen, düstere Stille.
Da kamen die Leute aus der Kirche, mit kleinen Schritten prüften sie, ob die Erde noch hielt; sie sahen Halla liegen, auf Eyvindurs Grab lag sie, eingerollt wie ein Kind, und war tot. Und neben ihrem Kopf saß ein Rabe, zupfte sich die Flügel zurecht, schüttelte sie, hob den kräftigen Schnabel, als witterte er. Und dann hüpfte er, öffnete die Schwingen, flog krächzend auf und verschwand über dem Fjord, dem Meer.

«Jetzt gilt es / daß wir uns zulassen // die Enttäuschung / die Wut / den Zorn / den Haß // Wenn wir genug gehaßt haben / stehen wir auf / und gehen.»
Dieses Gedicht von Märta Tikkanen ist zweihundert Jahre nach Halla, fast tausend Jahre nach Gudrun geschrieben, und doch sagt es immer noch jetzt: der immer gleiche Versuch, aus dem Sog herauszukommen. Zu gehen.

Melkorka hat es versucht. Ihr Rückzug aus dem Netz der Wirklichkeit ist das Schweigen gewesen, das Verstummen. Aber konsequent hat sie nicht sein können: zu ihrem Sohn hat sie gesprochen, ihn nahm sie aus, und von Höskuld hat sie sich erwischen lassen. Da war der Schutz dahin, der Zauber.
Halla hat es anders versucht. Überzeugt von der Richtigkeit ihrer Liebe zu Eyvindur, war sie bereit, alles andere zu verlieren. Ihm zuliebe ließ sie Besitz und Ehre zurück, den Namen und die Kinder, um als seine Frau zu beweisen, daß die Ordnung keine Macht hatte über sie. Aber Eyvindur hatte Macht über sie, immer größere Macht. Wann hat sie zu ahnen begonnen, daß sie, so lange sie an seiner Seite blieb, den Zwängen nie entkam? War es, als sie das neugeborene Kind hinaustrug? Als ihre Arme Gudrun losließen, die Tochter? Oder war es erst ganz zuletzt, auf Eyvindurs Grab, kurz bevor sie erlöst wurde und als Rabe entkam, endlich Luft hatte unter den Flügeln?
Nur Gudrun hat es wohl geschafft (außer der alten Unn: aber ihr standen noch keine Regeln entgegen). Sie hat das Beschränkende nie wahrhaben wollen und hat dagegen gewütet, kühl und berechnend. Bis sie merkte, daß nichts auf der Welt ihr zur Macht verhelfen

würde, zu diesem großen fraglosen Glück, das sie für sich in Anspruch nahm. Daß sie die Ordnung nicht würde umstülpen können. Daß die einzige Möglichkeit, trotz dieser Ordnung zu bestehen – als sie selbst: unverkleinert, nicht verkrümmt –, darin läge, sich daraus zurückzuziehen. Und sei es in eine Kirche, sei es in ein einsames Alter. Fünfzig Jahre hat sie gebraucht, um das zu merken; so viele Tode, so viel vergeudete Lust.
Eine Frau, die aufsteht und geht. Aus den Zäunen läuft, müde und enttäuscht vielleicht, aber aufrecht. Die den Kreis zerbricht, in dem die Macht zu Ohnmacht führt, die Ohnmacht zu Grausamkeit. Es gäbe die Möglichkeit, herauszutreten aus der stickigen, machthörigen Ordnung, es gäbe das Recht, nicht mehr mitzuspielen, das Recht, den Ton zu verändern, die Wörter, den Sinn. Eine eigene Ordnung zu setzen, viele eigene Ordnungen, und sähen sie wie Rückzug aus.
Eine Frau, die aufsteht und weggeht.

Ein Bild: Eine Wiese, ein Fjord, ein Bergzug, darüber Wolken. Licht von links, die sinkende Sonne verteilt ihren Schein im Wind. Auf der Wiese, die ungemäht daliegt, biegen sich Hahnenfußblüten um die zähen Stengel von Sauerampfer: Zitronengelb und strenger, bräunlicher Purpur im grellen Grün. Der Fjord tintenblau, dumpf. Am Ufer ein Steg, ein Bootshaus. Etwas abgerückt rechts davon, ein wenig erhöht, ein Haus, ein Stall. Die Steingiebel drehen sich zur Sonne, fast fensterlos genießen sie die Wärme, die noch zu bekommen ist. Die Berge im Hintergrund dunkelgrau, matt. Über ihnen hängt der kompakte Deckel einer Wolkenwand, Regen, der sich unwillig verzieht. Kein Mensch, so weit der Horizont auch ist. Niemand außer mir.

Dieses Bild will ich mitnehmen. Es ist das Fremde darin, was mich hierher gelockt hat, was mich hier zurückstieß.

Die Stille, die Ergebenheit einer Welt, die sich selbst genug zu sein versucht seit Jahrhunderten. Leid und Gleichmut und Stolz.

Und Ruhe, Ruhe wie nach einem Kampf. Gras gewachsen über die Wunden.

Schon morgen werde ich mich an das Bild nur noch erinnern. Segelwolken haben die Insel zu umhüllen begonnen, entziehen sie schnell meinem Blick. Ich bin auf dem Weg dahin, von wo ich gekommen bin.